# 行旅者之翼

詹皓宇

# 萬物靜觀皆自得

## ——代序

何淑貞

王夫之說：「煙雲泉石，花鳥苔林，金鋪錦帳，寓意則靈。」《夕堂永日緒論》。劉勰說：「文之思也，其神遠矣。故寂然凝慮，思接千載；悄然動容，視通萬里。」《文心雕龍‧神思》。文藝創作美的產生，主要是創作主體精神性情的投入。「人與物遊」，人與萬物便有了溝通，物我交融，於是，「山禽說我心中事，煙柳藏他物外機。」就不足為奇了。

皓宇十年來的散文創作，就要集結成書，一共三十篇，分為五卷。只看標題，已覺詩意盎然，逐一細讀，抒情的篇章，無不真摯、細膩，深刻動人。寫景詠物，處處有作者生命、性情的投入，他用心中那塊明礬，澄清了世界的污濁，帶領讀者「觀照人生與自然」、「發現祥和與寧靜」，美化了讀者的心靈。在記遊的文字裡，所遇風雲草木，莫不情意繾綣、神理相通而呈現哲思。對語言藝術美的追求，也頗見用心，卻表現得清新自然。如：

「我如斯慶幸能沉浸在一張張童稚純真的臉譜，……好生朝氣地跌進了學生嬉鬧的跫音迴聲中。」寫初為人師的滿足與自我肯定。

「我還記得，有一次和學長坐在堤岸上，聊著聊著，話語就在晚風好水中浸淫，沒有了時間，也忘了地球悄然運轉，直到晨曦從海平面那遠遠的方際升起，才覺察到西子灣正在甦醒。」寫浪漫的情懷，交心的幸福，美感的享受。

「兩地舊情，一種牽念，我們曾經在愛情花園裡追蜂逐蝶，濺濕了汗水，泥濘了雙腳，以琴以瑟，和鳴地傳達情韻，而在時節的催暖送寒遞嬗間，花開花落，彼和此起，好生盎然。」追憶一份曾經那麼真實擁有、深刻領受、卻已逝去的愛情，感嘆「愛情也像生命一樣，有初生、有終死，它是須要因緣來織就的。」對美好的愛情「獨自飄零、黯然落泥」的傷感躍然紙上。千般風月，果真雲淡風輕了嗎？

〈晚禱〉一文，還是單身貴族的皓宇，把一個父親對「前世情人」——女兒的愛寫得入木三分。從女兒出生、成長的分分秒秒，從有女萬事足的愛悅、體貼、細膩、溫柔、慈祥、莊嚴、山高水長的父愛，就在那麼平易的生活中流露出來。

皓宇感情豐富而善感，領悟力強，中文系給了他古典文學的薰陶，美感的啟迪，驅遣文字的紮實訓練，成人教育研究所帶給他更深廣的社會人生關懷，對生活中的瑣瑣屑屑，都能心存目想，神領意造，自然而然的把靜觀自得的美感和靈智之光，鮮活的傳遞出來。他筆下的有情世界，等著讀者分享呢。

國立高雄師範大學國文學系　教授

# 文字女兒紅

——自序

大三那年，我開始發表創作，第一篇散文《風輕雲淡》刊載於臺灣時報副刊。猶記當時，是一個燥熱的初夏午后（五月中旬），為了避熱，我和同學躲進了圖書館吹冷氣，同學在閱覽室閱報，我因剛剛午飯喝了太多免費的紅茶，急著要上洗手間，等我再回到閱覽室時，同學走到我的面前，狐疑地說：「這篇文章是你寫的嗎？」，我的雙眸順勢接過他遞上的報紙，光看名字，身體已微微驚顫，續讀首句，再也無法掩飾內心的狂喜。怎麼也沒想到，處女作一出擊，便獲主編的青睞，當下，甚覺自己如斯幸福！

時序進入仲夏，同年隔月（六月中旬），我的第一篇小說《畫裡少年》連載於民眾日報副刊，又是一次內心的狂喜。爾後，便開始了我的寫作生涯。

日本文學批評家廚川白村曾說：「創作是苦悶的象徵」，許多時候，我常是孤獨一個人，但並不寂寞，因為所有喜怒哀樂的情感，全都付諸於文字中，有了抒發的管道，很多事理就變得澄澈清明，不再轇轕繾綣。

此書是近十年來，集結副刊的散文創作，且讓我以文字釀酒，這罈初初開封的女兒紅，就是由此形成的。

在這篇序言的最後，我要謝謝一些人，謝謝他們給我的鼓勵和了解。

謝謝文興出版事業有限公司的發行人洪心容、黃世勳夫婦，讓我有機會集結創作，付梓出版。

謝謝我的碩士論文指導教授何淑貞老師，在我攻讀教育碩士學位期間，也能指導我在文學上的創作，並且為此書寫序。

最後，我更要謝謝我的父母。走向文學這條路，對我來說，是自然不過了，但對他們來說，卻是始料未及的一個意外。童稚時的我，內向乖巧，總愛待在家裡，一頭栽進父母所買的成套成套童話故事書、民間傳奇、偉人傳記、翻譯文學世界名著等，我常想：或許，我的文字女兒紅，就是從那個時候開始醞釀的吧！

如今，文字女兒紅開封了，誠心誠意宴請讀者們一起品酒聞香。

二〇〇四年十月五日于山城東勢

目錄

## 卷二　凝視

## 卷五　流轉

# 卷一

# 怦然

年輕的時候，情感總是很多、很濃，不管日升日落的次數有多少，總是在索求與揮霍間無度拉扯。

明知道你為我而衣帶漸寬，我仍無視你的憔悴，依然烈日如灼，任由你的心慢慢龜裂。

長大以後，才了悟，美好的情感猶如一輪清朗的明月，含蓄而虧掩，常常在最不經意的時刻裡順勢盈滿，透出似水柔情的漪瀾，咚一聲！在我的底心深深怦然。

# 風輕雲淡

該用什麼樣的心情來迎接欲續前緣的她呢？從木盒子裡，我拿出了分手後的三封信，一張一張的重溫，每一個字都是一段回憶！

「失戀了？」同學問。那一陣子同學都是這麼問。

「不！是分手！」我說。

該用什麼樣的心情來迎接欲續前緣的她呢？

從木盒子裡，我拿出了分手後的三封信，一張一張的重溫，每一個字都是一段回憶！

「失戀了？」同學問。那一陣子同學都是這麼問。

「不！是分手！」我說。

「什麼嘛！分手就是失戀嘛！」同學不以為然。

分手就是失戀嗎？

也許是吧！

但，在我的感情詞典裡，分手是分手，失戀是失戀，它們是不同的。

「失」是逝去了，像拔了根的花，斷了芽的草，永遠不再擁有生命和希望，過去的花醣草香不再了，挺枝秀莖也不再了。

「分」不同，僅僅離別罷了！是短暫？是永遠？不知！但，也許有相聚的時候，管它青春或已白叟，像葉落了席地，花謝了入泥，來春還是胭脂塗染，鉛粉輕敷。

那年，我大一，她大二，我在台中，她在台北，感情就是這麼一信一信的累積，一簍一簍的構築，真所謂「望山寄輕煖，隔水問相思」。

還記得那時候，班上有七個男生，我是第五個被判出局的「單身貴族」。

那段日子，她常常南下來看我，而我也常常在月台出口處接她的瞬間，感動得在心裡落淚。

這原本是我應該做的事——北上看她。沒想到，反倒是她體貼南下來看我。

每每在月台出口處，我總憐惜地說：「下次不要這樣了，我上去看妳就好。」

「有什麼差別呢！我南下，你北上，總是要見面的嘛！況且，我喜歡這樣！」

嫣紅的笑臉，讓我感覺手上的行李是滿滿一箱的愛，而不再是那麼一點點負擔。

大三——我二十一歲生日的那天。六俠把她約了下來，而我竟被蒙在鼓裡。

當時，我想：她是不會南下來慶祝我這次生日了，因為這天，既不是週末，也不是假日，而且她也給了我最溫柔的祝福——雖然只是一張小小的賀卡。

晚上，小緯的宿舍熱鬧非凡，笑聲不斷，那種快樂是一群大孩子應該有的。

小小一間斗室，擠滿了十一個人——四個帶「眷」的，加上明杰、小緯、還有我。

當燭頂的白蕊芯燃起，口中的生日歌曲唱罷，我輕輕闔上雙眼，許下今年的願望——漫長的思念就這樣一路展開，越山、涉水、敲門、啟扉，然後微笑地說：「嗨！我終於北上來看妳了。」

完成這趟神遊後，睜開眼睛，哇！十二個人，驚訝而興奮的心情，讓我久久合不攏嘴。

她，不可置信地出現了——星期四的晚上。

後來，在月台出口處見到她的那種感覺，漸漸淡了，像被風吹散了的煙一樣。

爭吵總在誤會中燃起，為了澄清，我屢屢北上，每一次都帶著「寧我受傷，不願傷人」的心情，遺憾地，長長的距離，終繫不住兩端的心，她還是鬆手了。

初嚐分手，我心如刀割，這絕不是令人愉快的感覺，而是一種在失望中融合了幾許無奈的複雜情緒。

不管是初次戀、二次戀、三次戀……，面對這樣結局的人，心裡一定不是滋味。我想。

誤會因何而起呢？誰也沒個準，就像家務事，理不清、說不完，即使說了，外人也無法了解。

分手，沒有誰對誰錯！

也許，久別重逢後，兩人會不約而同地說：「唉！當時好年輕啊！」

原載於【台灣時報】副刊

——一九九五年五月十九日

# 最純白的一朵蓮

相逢，在生命的狹道之中，初識時的驚動，因為坦誠，心靈直如出水的白蓮，在滌淨泥穢後昂然亭立，那是一份無可替代的賞心悅目，而你——總是我眼裡最純白的一朵蓮……。

午后蟬聲如此喧囂，穿過林間，跑進窗內。

你坐在教室的一角，茫然。

寂靜的陽光流瀉在我的臉龐，銘印著我對你無法理解的鬱顏。

佈滿白字的黑板、序列不紊的桌椅、一幅幅上課的情景……，掠過。

我小心翼翼地擁你入懷，我的肩成為你泊港的灣頭。

一陣風呼地竄來，蟬聲乍歇，你的心跳竟成了教室裡唯一的聲音。

一顆淚悄悄滲進我肩上的衣袖，沾濕臂膀，像是一滴水彩，滴落在棉紙上，暈開了我的心房，心房裡浮繪出一朵純白的水蓮。而此刻的慘淡躁悶，對照起昔日的溫柔纏綿，我真的沒想到和你之間的這段綺麗，竟會落得如此荒茫。原來，不必上課的假日，每間教室都充滿了看不見的寂寞，連人也跟著教室一樣冰冷無語，終於，我了解你鬱顏背後的孤單。

對於這樣遲來的醒悟，連自己都解釋不清的癡愚，總有揮之不去的難忍。每個星月入窗的夜晚，不知凡幾的寂寥時分，我總是悠然整理著自己的愛情軌跡，重新排列著那些日子的回憶，一直到夜很深的時候，我披衣外出，走過夏夜幽靜的街，是的！我重新想像著，我在時間的長廊裡踱步，輕輕地往過去的記憶行走……。

那晚，子軒對我說：我們經歷的感情，何嘗不是一個意外？遇見一個人必須修多少年的善緣才能同時出現在一個點上，愛一個人必須累加多少個時空的疊合才能瞥然相會？然而，我們相遇了，我們也深深愛過，卻困在我們相遇的基點上，在時空之中，從近在咫尺到漸行千里，其中蘊藏的早已不是過程的甜蜜，眼前的如夢如電，才是我們在同一基點上背馳的原因。

在人生載浮載沉的旅程中，兩個人的相處，既然無法成就一份長久的關係，歲月的流轉，等同潮汐的起落，想保有那細細白白的流沙足印，終究還是被浪水沖沒，跌進了礁岩溝洞。

我越來越能體會浪花始終不被沖沒的悲哀，一朵朵浪花碎了，又會有另一朵朵浪花的形成，而且一朵比一朵美麗。

我們的存在，若放大成時空的某個點，真的就是地球儀上不成比例的孤島，相遇，只是海水載浮著孤島的推近；分道揚鑣，不過就是海水的推移越來越遠罷了。

而立之年以後的戀愛，不論雙方好感的理由再如何冠冕堂皇，彼此間肯定心知肚明，已回不去少年時只牽牽小手、放學後到巷口吃碗剉冰的那種淡如雲霓的滋味。

歲月其中，我們各自走向各自的歸處，回首種種，不必追問誰必須遷就誰，純是一份感情的格局，格局大者，自可灑脫棄離一份至性至情，管它是刻骨銘心，抑或驚鴻一瞥；格局小者，自然不能跳開情關的苑囿，只有怨怨艾艾地追懷逝去的戀曲，緊抓不放那早已破碎而無法拼湊的人影。

相逢，在生命的狹道之中，初識時的驚動，因為坦誠，心靈直如出水的白蓮，在滌淨泥穢後昂然亭立，那是一份無可替代的賞心悅目，而你——總是我眼裡最純白的一朵蓮。

原載於【青年日報】副刊
——二〇〇三年十一月三日

# 祭珮嫻文

有人問我是什麼原因對妳如此依戀？我回答說是：一輩子真愛就這麼一回，守著它，就這麼守著它吧！今生能夠結為有情人，是我倆的姻緣善修也好！相欠債互還也罷！只要彼此用心將世間的情愛詮釋得更為圓滿，誰留？誰走？就沒有所謂的遺不遺憾了……。

很久很久才來看妳一次，今年是第五年了。

「兩地相思」對於世上的每一個戀人來說，是短暫的煎熬，然而，在這煎熬之中，卻也有絲絲縷縷的甜蜜，由於呼吸得到、感覺得到，千千百百個刻骨銘心的日子，有電話傳情、書信表意，再遠的距離也就不再是距離了。

而我們？我們是隔著陰陽兩地相思啊！思考一份真摯的感情，錯過了，便再也尋不著了。

妳以最自由的心情離開，留我一人苦苦在紅塵期盼，盼妳的輪迴轉世再度相逢，而每次期盼，就像是飲了一杯濃烈的酒，酒滑入喉中，深深烙印一道酡紅。

親愛的，我曾經承諾過妳，天若塌下來，我將會用我的雙臂撐在妳的頭頂上，讓妳聲息無礙；地若裂開了，我也會用我的身軀填滿所有的縫隙，讓妳步步順暢。

承諾也許是一種責任，然而，卻是甜蜜的負擔，僅一句簡單的真情摯愛，一輩子相互依靠著彼此，真的很幸福！而妳卻無福享受我給妳的這一份幸福……。

有人問我是什麼原因對妳如此依戀？我回答說是：一輩子真愛就這麼一回，守著它，就這麼守著它吧！今生能夠結為有情人，是我倆的姻緣善修也好！相欠債互還也罷！只要彼此用心將世間的情愛詮釋得更為圓滿，誰留？誰走？就沒有所謂的遺不遺憾了。

然而，有時自己又會無端地走進死胡同裡，想著：為什麼我們就不能廝守到老呢？或許，真的是今生緣慳吧！

寂寞是記憶的禾苗，收成的只是相思，這五年來，一張張情箋，磨褪了文字，磨禿了筆，字字句句全化為紙灰飛揚，一個字便是一滴淚、一寸相思，越寫就越無力寫下去，在來不及學會給妳全部的愛以前，便先學會了給自己寂寞。

常常會在眠中想到妳，是夢？還是驚奇？我無暇去分辨，只是我的手臂會因渴望一個相擁的姿勢而懸在空中痠痛。

一開始，我不明白這是一種什麼樣的情形，後來，我知道了，原來人的身體是一個龐大深邃的記憶體，即使我慢慢變老，妳的眉、妳的眼、妳的笑、妳的淚、妳的風姿、妳的心事、妳的一切一切，我的身體仍然能直覺且敏感地熟悉妳，彷彿妳就在我的身邊，一如往昔般地真實存在，所有的喜怒哀樂，都隨著天空徜徉而開，化做炫目的彩虹晶亮在我的眼前。

十月了，天氣乍熱乍涼，清爽的南風中帶著微微的燙，像極了戀愛中的情人，苦澀與甘甜相互交融摻合。

過去多年來的相處，每一次道別，心存期待的我，生活就充滿著溫柔的色彩，那時，我明明白白的知道，期待的心情是什麼樣的快樂？是一種希望，是一種再相見時的驚奇與雀悅。

如今的期待，我卻清晰地看見，它是屬於想像空間的體會，隨著靈魂的杳杳，讓整個人像夸父逐日一般，在分秒不停的時間裡，追逐對愛執著的心情，因為空間太大了，不得不忍受倏忽間的分離撕扯，對妳的癡情愛戀，無視於世上笑我狂傻、笑我可愛的人們啊！

在這秋意深濃的季節裡，不論妳是否知道我對妳細細訴說出溫柔的思念，該靈犀我的時候，就讓我感覺得到吧！好讓我們再續前緣。

我願以一生的時間譜下永恆的等待，在每一個有我倆足跡的角落中尋覓，也願天下有緣人再度相逢，天下有情人終成眷屬。

原載於【青年日報】副刊

——一九九八年三月十一日

# 千般風月

淺唱低吟的日子，我小心翼翼地收藏我和張走過的足跡，然而，有些澄澈明晰，有些卻已漫漶迷濛，因為張始終在友誼與情愛的天平上晃盪，拿不準一個輕重，對我亦友亦侶，我們是兩條平行線，無法交錯，也無法遠離，只有等距的張力對峙著，平行線的命運就是如此痛楚，怎麼走也走不到交集！

每當時節進入歲末，回憶就攀藤牽絲地蔓延開來，我總會想起兩年前我和張初識在一個暖暖的冬陽午后。

以前，不明白回憶的心情是什麼樣子？如今，我卻清晰的知道，這樣的心情是屬於想像空間的體會，宛若烈酒在面頰上劃下一道酡紅，醺醉或清醒，只有自己感受。

求學中部，我和張分別就讀於兩個不同的大學，每當在校園裡看到別人出雙入對，我的內心就有說不出的形單影隻，總在熬過最後一堂課，便習於飛奔她的住處，站在電梯門外，按下數字鍵11，等電梯門一開，電梯上升，我的心也跟著飛揚起來。

張不太愛講電話，於是，書信成了我們重要的傳達工具，我們總在信中讀出對方的喜怒哀樂，讀出彼此的情深意濃，當然，我們也會為了一件事、一個觀念，在信中唇槍舌戰，辯出一個真理，但總能溫和的收場，喜樂言歡。

淺唱低吟的日子，我小心翼翼地收藏我和張走過的足跡，然而，有些澄澈明晰，有些卻已漫漶迷濛，因為張始終在友誼與情愛的天平上晃盪，拿不準一個輕重，對我亦友亦侶，我們是兩條平行線，無法交錯，也無法遠離，只有等距的張力對峙著，平行線的命運就是如此痛楚，怎麼走也走不到交集！

回首情已遠，現在的我，已經是一個研究所二年級的學生，在一簾幽窗的斗室裡，除了論文的孜孜振筆外，牽動著我寂寂逝去的情愛常是張的形影，寂寞既無從消解，御風嬉水不過是借景調心，於是，思念便成為一種甜蜜的自縛。

我時常獨自一個人穿梭於一條條陌生與熟悉的巷弄裡，在管脈如網的市區中，不斷地想著：我和張會不會在某一個驛口重逢？就像初相見那樣，在命定的驛口不期而遇，如果會，那會是在哪一個驛口呢？

憑弔回憶，卻又沉溺在回憶的泥淖之中，掙不開也逃不出情愛的淵藪，呼天喊地，而沒有人能拉我上岸。

如果說，張對我的情份猶在，那麼，縱然千里相隔，心必有所感應，我上達天聽的箋箋話語，張應該靈犀得到吧？

或許張真的靈犀到了，就在睽違一段遙長時日之後，我和張竟然相遇於自然科學博物館，她一個人，我也一個人，四目相覷的剎那，我情怯驚恐，她反倒顯得落落大方，主動過來叫住我，問我怎麼會到自然科學博物館來呢？

由於已近晚餐時間，於是我們選了附近一家餐館用餐，走進店內，我們坐在最後面靠儲藏室旁的位子，張點了一客豬腳排餐，我不餓，只叫了一杯柳橙汁。

侍者上菜後，我們開始互問近況，張認真的談著她的生活與未來，那血色鮮麗的雙唇，靈澈閃動的明眸，在我的眼簾裡有著時光逆溯的愉悅幻影，此情此景，彷彿又回到了從前……看她在泳池游水的樣子，就像是魚躍龍門般地矯健，在運動場上擊球的神態，又活如脫兔般地伶俐，她愛運動，我適巧相反，但我愛看她一次又一次精彩的演出……。

凌晨一點過二十分，寂靜的深夜，無情地劃過大半，也把我從愉悅的回憶中拉回現實，我和張走出餐館，站在騎樓上，冷風翻騰流竄著，擔心的事情還是來了，這一別，又不知道何時才能與張再敘。

張彷彿收到我眼裡的不捨，雖然已有倦容，她仍振起精神陪我走了一圈自然科學博物館，後來，時間真的是太晚了，張才提起躊躇的腳步，輕輕跨上機車，對我說最後一次再見，我走到張的身側，支支吾吾吞吐著：「謝謝……妳……今晚陪我……。」

在我的心中，一直有一個小小的空間，裡面住著張的身影，她的體貼與包容，讓我在情路上學會了，當我下一段感情來的時候，我應該如何對待對方。

對張始終是無法忘懷的，僅管現在的她，已是羅敷有夫，但是，初戀的刻骨銘心，我實在做不到因時間的流逝而淡忘那一段抒情景致。因此，過去與張的魚雁書信，遂成為我僅能擁有張的一點點獨佔。

往事，其實不分晴喜雨悲，一切都已戛然而止，在星月入窗的未眠夜，我把它記錄下來，做為青春的註解。

原載於【台灣新生報】副刊
——一九九八年二月十五日

# 星月如昔

入夜，星月懸浮著慘綠少年淡出的戀曲，而過往的情事在回憶間蹣跚走近，疲累的身軀竟趕走睡意，無端映入眼簾的故景總是惹人眷望那段逝去情愛的路程是多麼步履響動……。

記得的事，總是在恍惚以外歷歷明晰，兩個地點，一種心思，妳同我一樣有這般心情嗎？想來應該不會，妳的人生早從與我併肩相攜轉而漸行漸遠……。

去年娜莉颱風的肆虐侵襲，颱風眼連眨都不眨一下就漫漶了整個台北盆地，好一池子的水城啊！寓居台中的我，第一個想到遠方的妳是否安然無恙？忠孝東路的街河有沒有蜿蜒到土城來呢？

四年前的九二一地震，我還在高雄師大讀研究所，震災那晚，天搖地動驚嚇了我，隔日看了新聞畫面，才知道家鄉彷如被淘氣的兒童一把推倒已築好的積木屋宇，散的散、傾的傾，歪歪斜斜的狼藉一地。當時，一顆心就像糾纏的死結，怎麼解都解不開眼底下的傷痛。焦急地等了好些時日，台中的交通才大致暢行，我疾疾飛奔的心，一路從高雄馳回東勢老家。那時，接到妳從台北打來的電話，語調如同一個母親不捨孩子受傷般地頻頻問著家裡情況，在妳聽到我和家人都平安無虞後，妳才鬆下一口氣。之後，家常敘舊了好些時刻，我便掛下電話，繼續清理毀損的家俱。

入夜，星月懸浮著慘綠少年淡出的戀曲，而過往的情事在回憶間蹣跚走近，疲累的身軀竟趕走睡意，無端映入眼簾的故景總是惹人眷望那段逝去情愛的路程是多麼步履響動……。從前，妳會緊緊握住我的手過馬路，默默不語的情愛自妳的掌心傳到我的心上，有著一股說不出的溫熱。愛情褪色後，友誼成了我們攜手的橋樑，相約逛街時，換成我主動牽妳的手過馬路，再次握妳的手，感情猶在，只是過去對妳的濃濃依戀，如今愈來愈少，情愛不再如昔，內心的感覺變成手足，關心占滿了我們之間。

猶記我們第一次約會，那是大一學期結束的暑假，我們在月色朗朗的校園裡開始尋找如律詩般工整對仗的情字。不善表達情感的人，在生命中會錯過許多真實的感動，而我？卻正好相反，太精確於使用文字表達情感，因此，每次都能正中妳的下懷，著實讓妳驚喜不已。只是，事隔九年，窗外那輪銀亮的月色依舊，再次接到妳的電話就像皎潔的月色被撥開，如不速之客般地令我倉惶失措，妳的聲音直透入我的心坎裡，既徘徊又騷動著昔日的舊憶情思。

「愛情」果真是生命中最美好的？我無法回答！只是我清楚地知道，我已不再年少！也回不了九年前我們初相識那般編織愛情如律詩般工整對仗的境界。妳知道的，愛情也像生命一樣，有初生、有終死，它是須要因緣來織就的。

兩地舊情，一種牽念，我們曾經在愛情花園裡追蜂逐蝶，濺濕了汗水，泥濘了雙腳，以琴以瑟，和鳴地傳達情韻，而在時節的催暖送寒遞嬗間，花開花落，彼和此起，好生盎然。但是，愛情花園也並非全然萬紫千紅，就像開在同一株樹上的花兒，有些也是獨自飄零、黯然落泥，一生都未能瓣瓣相見。仔細思量，愛情的過境不也如此嗎！

原載於【台灣時報】副刊
——二〇〇三年一月十四日

# 又見長干行

愛情，總要用很多時間去關心一個可能變成陌路的情人，想到如此結果，就懶於認識新的伴侶，怕生命會在傷痕後留下一片不知所云；怕當時所付出的一切，又要變成了空白。從此，孤獨如漪瀾般開始擴散……。

## ◎昔我往矣

冬天，窗外正是綿綿陰雨，盯著電腦閃動的螢幕，不斷出現的每一字一句，突然感到一陣孤獨，許久許久已然習慣一個人的生活，煮一人份的咖啡、洗一人份的衣服、接一人份的電話……，在星月光輝下聽優雅的胡桃鉗樂曲飄揚屋內，在相互摩肩廝肘的擁擠街上匆匆購物，然後遠離人潮。

當生命的轆轤在情愛的小徑上彎彎折折，甚至連自己也控制不了方向或逆轉速度時，我知道自己就要遠離這一段愛情，然而，卻不知道此刻我的真正心情是緣於什麼？

或許像是一場無法抹平而命定的情緒浩劫吧！愛，頓時變得有些淡然、有些傷感，心靈的縐摺毫不假飾地凌凌亂亂鋪在生命上，濃郁的離緒罩下來，所傳達的不是回憶的收藏，而是遺忘的必須。

誰對？誰錯？沒有人該為這場浩劫馱負著道德包袱，事情就是這個樣子，所有措手不及的事實就是事實，再追究！就成了小孩子玩的遊戲。

妳曾經斥言我的「孝順」只是一種戀母情結：「如果到現在你還不能獨立，事事還得由父母做主安排，那麼，你的『孝順』終究是一種負擔，無法讓你成長！」那年我們甫過弱冠之禮。

靜謐的寢室，嗚嗚咽咽的妳向我吐露一整段心語，說到傷心處，眼角便濕濕潤潤，不理會我到底懂多少，只是一味地以難以撫平的委屈泣訴著。

捻亮的立燈，隱隱約約照亮著一個在我心中清清楚楚的妳的容顏、妳的形影。當時我真的無法意會出妳怒氣語出的話裡玄機，只是我覺得，妳這些話是不是代表著：我們之間就走到這裡了呢？

緊緊綰結在我手腕上的愛情紅絲線斷了，妳的愛與關懷，讓原本泅泳在羊水中的我，像是睡在母親的子宮裡，香甜安穩。而此時，我卻把自己丟進身邊響起颯颯風聲與嘯嘯濤聲、凌晨三點的鹹濕海洋裡，一片漆黑，無星無光。

就戀人的關係而言，妳的感傷離去，我愚鈍至今才漸漸了解。遠離後的妳，是山也是水，襯印成相思的風景，清晰地映照出彼此的側影。

天空盈盈純藍，沒有牽絲牽縷的雲圖，地平線在視野極遠的天際高高劃過，風一輕拂頭髮，整個時空大大地顯露出來。有了時間，才知道妳的存在，是為了讓我思念；有了距離，才知道分道揚鑣是多麼愚蠢的一件事。

人生不如意事，十之八九，原以為時間可以拭去那記憶的絪緼，在陽光出岫的剎那間朗朗乾坤。然而，剩下的十之一二，恐怕還是不盡人意！我總是癡醉地被無情的記憶旋繞，無奈心弦上弓，聊以輕撚，一些似曾相識的痕跡，在我腦海裡踱步著，彷彿昨日才發生：「真的要走了？冬夜很冷，讓我再抱抱妳！」曾經，看著妳在玄關整飾衣領時，我常常這麼對妳說。

愛情，總要用很多時間去關心一個可能變成陌路的情人，想到如此結果，就懶於認識新的伴侶，怕生命會在傷痕後留下一片不知所云；怕當時所付出的一切，又要變成了空白。

從此，孤獨如漪瀾般開始擴散；孤獨使我開始與最深的自己對話；孤獨使我開始祈禱，而眼中滲出的淚水，滴落在蒼茫的心上；孤獨也讓我逕亂的心思轉為澄澈，但常常稍一不慎，就陷入了寂寞的深淵，於是，我是那樣小心翼翼地走著，走在時間推移的相思中、走在季節催暖的情愫裡、走在箋箋構築的書信小徑上，心緒和眼神重溫妳輕細的字跡，期待那些橫豎撇捺的方塊字，是否會有妳燦如蓮花的笑容再現？

◎今我來思

實習就要結束了，未來何去何從，我們都不知道老天爺會安排哪一所學校讓彼此棲身，現在，我開始寫下我的秘密，而我們的再相遇，其實已經有三百餘天。

中國第一部情書「詩經」，恰好三百餘篇，妳看！「三百」是多麼棒的數字啊！

鼓足了很多次勇氣，直到現在才提筆書寫，是因為有些事說不得，怕說了、會把一份淡然沉澱的友誼禁錮成一段記憶，想再昇華為一生的情愛都難，妳說！我如何捨得？

喜歡一個人，不敢靠近她，卻只能遠遠看著她，是怎樣的殘忍？一生中錯過鍾愛的女人，又是怎樣的遺憾？我不要對自己殘忍，也不要對自己的幸福有些許的遺憾，這是一趟綺麗的冒險，所以我勇敢寫下對妳曾經的錯過，而現在決絕要緊緊綰握著妳。

三百餘天前的一個早上，九月開學日，我在實習的行列裡瞥然見到妳，不敢相認，因為不確定是否是妳？我開始翻閱國小、國中畢業紀念冊，仔仔細細尋找妳的倩影，每一張照片都漸漸浮現出「郎騎竹馬來，繞床弄青梅」的童年景象，也在那一刻確定是妳！一切都不是時間的錯誤，是「緣慳」開了一個關於愛情的玩笑。我開始變得貪婪，像小偷一樣，一點一滴想偷走妳的心，我是多麼自私地想擁有妳，擁妳在我懷中，像懷爐一樣暖和著我的身體、我的心。

離開妳後的那段日子，我化成一座孤島，穿流在我兩旁的江河不斷，卻始終無法將我沖蝕殆盡。從當兵到研究所畢業，我讓忙碌在自己的雙腳下彳亍而行，時間在書堆裡一頁一頁翻去。白晝，我不敢抬頭看雲；入夜，也不敢凝望星星，因為那會讓我又觸景生情、潸然落淚。因此，千禧跨年倒數晚會，我一個人在書桌前看書；西洋情人節，我忙著趕寫論文，對我來說，所謂「特別節日」不過是三百六十五天裡的其中一天；所謂「慶祝紀念日」也只是商人販賣愛情的噱頭，一種金錢堆砌起來的浪漫。我知道我的愛情早已是綿延無垠的沙丘，不會有春雪融化而成綠洲的時候，誰知道？再遇見妳，我就後悔我曾經說過這句話，原來我低估了自己，妳的出現，像極了一道磅礡大水，勢如破竹地一路傾洩過來，撞碎了我層層疊疊的礫石之心。那一刻，我甦醒了，在明亮金黃的陽光裡，一片盎然的綠意，慢慢蜿蜒開來。

還記得童年玩捉迷藏嗎？妳扮鬼而四處尋找同伴，結果總是迷了路，我知道妳是個沒有方向感的女孩，現在一樣沒變，這不要緊，牽著我的手，讓我帶著妳走，與我同行，妳便能一路捕捉美麗的風景；與我同行，妳可以不必感到害怕，我總會領妳到安全的地方去。

關於愛與執著，需要用怎樣的語言文字才足以適切表達？願用亦步亦趨的虔誠作為一輩子的信仰，這樣的語言文字就有它存在的意義。

而妳知道嗎？當我再次遇見妳，那一刻，我便決意與妳同行，而且沒有退路，因為我知道我現在所說的每一句話、所寫的每一個字都開始有它存在的意義，一旦再相遇，就不一樣了，因為我已經走向妳，帶著更大的勇氣與愛，擁有妳，是多麼值得炫耀的幸福啊！

原載於【青年日報】副刊
——二〇〇四年一月一日

# 卷二　凝視

仰之彌高的石階古道，是千年遺留的歷史。藻綠的苔痕，無由蔓生出老脈的黛青，任憑過往的人如何踩踏，它仍是最短距離的掠影。

如果你能在春去秋來的時節中，停下腳步，佇足在紫荊花開的街道片刻，只要片刻，便能瞥然一見它的優柔之美。

如果不得不離去，也請你停下腳步，回眸花瓣離枝的瞬間，不在外表的墜落，在你心裡的悠悠凝視，又將一次驚心於它的悲壯之美。

# 詩化的生活

詩化的生活，其實是一種以簡馭繁的生活哲學，也就是要人們能適時放下長時間工作的重擔，靜心享受休閒的樂趣，從休閒中發現生命的喜悅、知識的汲取、情思的抒發、藝術的禮讚等，或者什麼都不想，只是單純地放鬆心情，暫卸未完成的工作，讓自己的呼吸吐納與天地齊同生息……。

我不擅寫詩，但我極愛讀詩、賞詩，因為「詩」雖在短短的文字咫幅中，卻是蘊涵了萬千氣象。邁步於「詩」的天地裡，我不僅涵詠「詩」本身的文字境界，也感受到「詩」的另一層生活哲學。

「詩」在文學裡，是屬於一種最凝聚情感與意象的表達形式，它不同於散文的清晰明朗，也不若小說般地鋪陳敘事，從過去格律嚴整的近體詩，到現在自由無拘的現代詩，「詩」都是以一種最言簡意賅的表達方式，呈現出最令人餘音繞樑的無限情思。

生活如果能像一首詩，凝聚每天紊雜的事物成為簡約的感受，那麼，在忙碌與壓力的生活步調中，便有著心靈上的充實與滿足。換言之，詩化的生活，其實是一種以簡馭繁的生活哲學，也就是要人們能適時放下長時間工作的重擔，靜心享受休閒的樂趣，從休閒中發現生命的喜悅、知識的汲取、情思的抒發、藝術的禮讚等，或者什麼都不想，只是單純地放鬆心情，暫卸未完成的工作，讓自己的呼吸吐納與天地齊同生息。

簡單，其實是複雜的精髓；簡單，其實一點都不簡單，要體現詩化的生活，先決條件是你得有化繁為簡的本事，包括內在一顆抽絲剝繭的縝密心思。然而，詩化生活果真難如登天？其實不然，很多人常因平凡而淡忘一切，如同汲汲營營於生活的繁瑣，而遺失本心的純樸是一樣的道理。一開始，先是夜闌人靜的時候煩悶，接著白天一有空閒的時候也被瑣事牽縈羈絆著，最後分分秒秒都陷入愁苦憂思的情緒之中。雖然，很努力獲得世俗物質的優渥待遇，但有可能因此而喪失了自己的靈魂自由，精神得不到健康正常的發展，行為的堅持似乎便受制於恐懼的威脅，日復一日，也就抽離了自得其樂與趣味盎然的生活韻致，終至深陷複雜的蛛網而不得自救。

詩化的生活是一種簡單生活的開始，讓自己每一天都用心觀察並且感受我們周遭的一草一木、一哭一笑，像是風的吹動、雲的飄移、晨曦緩升的柔美、夕照入海的嫣紅、嬰兒純真的笑靨，以及葉脈上的圓潤露珠等，一件件平凡卻美好的事物，乍時間，竟然可以讓人深深覺得身處在忙碌與壓力的環境中，也能獲得如此出乎意料的驚喜。

擁有良好的生活品質，是令人感到欣喜與嚮往的，然而，忽略與遺忘常常是阻礙我們良好生活品質的絆腳石。因為忽略，使得我們遺忘了日常生活中簡單的驚奇、平凡的感動，所以喪失許許多多的生活樂趣。其實，生活中簡單而平凡的事物，只要我們會心一瞥、用心相待，都會有沁入心扉的驚奇與感動！

原載於【青年日報】副刊
——二〇〇二年十二月十六日

# 尋訪心情

文字書寫是對自己心情記錄最好的見證，十七歲時的花開花謝與十八歲時的花開花謝，是怎樣的兩種情懷與季節呢?重回自己的文字軌跡，尋訪當年的心情，像是一隻輕盈的燕子，棲在平快車的頂蓬上休息，以一種舒緩的速度，步履曾經駐足的心情驛站，沿路檢視自己生命的景緻……。

培根（Bacon, F.）說過，讀書使人淵博，辯論教人機靈，寫作令人細膩，如果一個人很少寫作，那麼，他就要有很強的記憶力。

心靈的厚實美感，在於個人對週遭事物是否具有敏銳的深層觸動，雖然每個人的出身、背景、才學、經歷等各異其趣，所面對的世俗萬象也天地迥然，但是，只要手中握有一隻筆，把活化的情緒，以一種言簡意賅、俱中要點的文字，鉤繪出心中沉潛的感受，不論是體會，或是洞悉，都是為自己豐盈的喜怒哀樂，做一次完美的詮釋。

「書寫」是心情記憶的產物，文字可能很質樸、也可能很華麗；內容可能是感性的、也可能是理性的，只要是當下的所見所聞、所感所發，沒有什麼不好留存的，因為那就是自己生命中最珍貴最詳實的寫照，多年後再咀嚼，會有倒吃甘蔗的甜美。

唐人賀知章說，李白是天上謫仙，易感善抒，下筆如大江泉湧，洋洋闊野。宋人蘇東坡也自詡：為文如行雲流水，汪洋宏肆，下筆不能自休。傳說，文人是天上的魁星文曲，他們從天上墜入凡間，尋訪經傳、詩賦，轉譯天辰所想傳達給塵世凡人的愛與智慧，彷如花落泥地，來春又是嫣紅姹紫。

當我們回首翻閱自己曾經留下的文字軌跡時，猶如燈下與多年不見的老友促膝聚晤，溫煦如春陽，怎麼琅琅千萬遍，都甚覺熱人心房。

張愛玲曾說：「每一隻蝴蝶都是花的鬼魂，回來尋訪牠自己」。文字書寫是對自己心情記錄最好的見證，十七歲時的花開花謝與十八歲時的花開花謝，是怎樣的兩種情懷與季節呢？

重回自己的文字軌跡，尋訪當年的心情，像是一隻輕盈的燕子，棲在平快車的頂蓬上休息，以一種舒緩的速度，步履曾經駐足的心情驛站，沿路檢視自己生命的景緻。

澄澈明朗的視野，飛揚的大地氣息，恍惚中，乍覺蟬蛻，人生有了一種新的開始，眼睛突然一亮，明媚已逝的心情，竟是如此鮮麗深刻。

從小學音樂，並不一定就是要培養將來成為貝多芬；從小習美術，也不是說將來要立志做達文西，何必在乎文筆的好壞，橫豎都是自己的心情，只要是真情書寫，在青絲轉為白髮，在紅顏已漸初老，回來尋訪生命走過的心情，肯定有意想不到的驚奇！

原載於【青年日報】副刊

——一九九九年十二月廿八日

# 晨馨

記得嗎？在國中時，為了趕著早自修的小考，而不情願地踢下被子，拎著早餐，背起重重的大書包，走出家門，邊看錶邊往學校的方向走去！我深深印記著那朦著晨霧上學的情景，緩緩回首，晨馨四溢，多美的一天的開始啊！

晨起，泡了杯咖啡，熱騰騰的杯身，緊密地貼著雙掌，溫溫暖流，心頭一陣，嗅覺被勾引而真正甦醒，窗外仍堆積著一層薄薄的雲，未散。

牆壁上的時鐘移動著，就像靠海的城市，陽光總是躡著腳，緩緩走過窗口，一點點可以微調的灰藍，變化著曙色乍明的風情，深曠曠猶若遙遠海洋的氣息。

飲一口咖啡，可說是充滿了等待，等待破曉時分，等待朝陽升起，等待人們漱洗整裝的聲音。然而，喝太多咖啡，情緒裡會沉澱出憂鬱的影子；不喝咖啡，似乎又感覺一天尚未開始，只好讓這種因子，如花粉般飄出——杯中有漪，風中有馨。

晨馨的來臨，的確是一件奇妙的事，雖然它不過是地球自轉到昫晃晃的那一面而已——在日出之前，它還是黯藍灰朦的世界，一旦濾去那層沉沉垂落的星幕之後，隨即因為昕曦而變成另一個難以言喻的柳暗花明。

昫晃晃的陽光，好似一顆燦爛已極的金球，在顧盼自如間掉落於窗口上，隨即曳引一種逼人而來的豔麗，在人們寤寐輾轉間，瞬時拉扯暖烘烘的被褥。

晨曦穿破雲影，熠動的馨音微微傳入每戶人家的窗口上讚歎，幸福般地讚歎在賴床人的床上，輾轉也好，鬆懶也罷，那些爬梳光潔的線條，填塞了人們所有想像的空間；勻稱瑰麗的色塊，膨脹了人們的感官至極限。沒有早起習慣的人，哪裡知道黯藍藍的天轉蒼，黎明的靜，深深湧聚在早起人的耳蝸裡，不管仲夏的熾熱馳騁而來，抑或深冬的寒氣凜冽直逼，只要夜晚一過，天還是要亮的。

深深覺得城市跟人一樣，許久許久已不再早起了，而一座與晨馨產生不了交集的城市，叫人住起來，真是焦躁與心慌，不僅屋宇黯淡惺忪，連清晨的天空都是昏盹的風貌，或許這與人們生活型態的大幅改變有關，傳統日出而作、日落而息的生活方式早已不復熟悉，夜晚的來臨卻成為一種魅惑迷人的活動開始，使得城市的風貌也就和人們產生了移情感通。早起的人總是可以感受到晨霧的稠濃，慢慢地伸出手去，手心必然覺得冰冷的濕濡，低首細看，是幾滴冷露，晏起的人根本無暇察覺城市正在甦醒或正在沉睡！

記得嗎？在國中時，為了趕著早自修的小考，而不情願地踢下被子，拎著早餐，背起重重的大書包，走出家門，邊看錶邊往學校的方向走去！我深深印記著那朦著晨霧上學的情景，緩緩回首，晨馨四溢，多美的一天的開始啊！

這晨馨裡的甦醒，在黎明乍現的剎那，如一片深幽的迷濛遠洋，藍盈盈地透著些許的斑白雲朵，靜靜地飄散於穹蒼之中，浮印出滿腮羞赧的古典，像極了與早起浣衣的少女一瞥。

原載於【青年日報】副刊
——二〇〇三年十一月十一日

# 灑進一片陽光

偶而，倚著窗口閱讀，讓陽光溫暖而悠微地踅回，一個章節讀畢，闔書稍做歇息，輕輕啜飲一口熱騰騰、香味四溢的咖啡，德馨雅致的書房，便立刻鮮活起濃濃的人文氣息……。

一道陽光緩緩破雲而出，金色流光穿梭於屋內的每一個空間，不同時刻，灑進不同的光影與亮度，不論是晨光，或是夕照，都展現出幻化迷人的流動密語。

如果眼睛是人的靈魂之窗，那麼，窗戶的存在就不只是通風透氣而已，它宛若屋子的眼睛，適時引進陽光，讓住在裡面的人可以遠眺近觀屋外的景緻。一扇設計完善的窗，由於兼備了採光、通風、透氣、取景等考量，所以能夠獲得較為寧靜舒閒的居家生活，使自然陽光的引入，增添用餐的情趣、閱讀的享受，以及生活上的愉悅。

若能在陽台外闢建一道種植花草的窗台，不僅可以做為引渡陽光的落角處，也可以滿足都市人渴求綠意生活的心情，加之以烘托出明亮舒敞的空間情趣，使居住者享受讓綠意薰染過的陽光棲在肩膀上。

偶而，倚著窗口閱讀，讓陽光溫暖而悠微地踅回，一個章節讀畢，闔書稍做歇息，輕輕啜飲一口熱騰騰、香味四溢的咖啡，德馨雅致的書房，便立刻鮮活起濃濃的人文氣息。

有時遇到斜斜長長的雨日，可以將窗戶推開微微小縫，讓美麗氤氳的雨滴灑一些聲音進來，聆聽珠玉落窗的音籟。霪雨霏霏後，陽光乍現，窗台上栽植的花草都努力冒出新芽，探頭爭取陽光。

這時，敞開先前微掩的窗戶，面對千萬種雲姿起舞，不自覺地就會張開靈魂的雙翼，飛向有陽光的天空之中，在煦煦陽光的撫觸下，不僅令人款款欣然，同時也道出人與自然間相應的脈脈鍾情。

原載於【台灣時報】副刊

——二〇〇〇年六月五日

# 霓夜城影

在我的生命裡，城市宛若一本厚實的百科全書，給予我智慧和勇氣，我穿梭在每座城市的街道上，細細讀著她們的過往今昔，並且用心感受她們的樣貌與個性，尤其入夜的城市，每一夜的生活就如同每一頁的文字，在寬夜傾讀間，心情總映藏在城影之中。

高中、大學、研究所的學業，先後在台中、台北與高雄這三座城市完成，在我的生命裡，城市宛若一本厚實的百科全書，給予我智慧和勇氣，我穿梭在每座城市的街道上，細細讀著她們的過往今昔，並且用心感受她們的樣貌與個性，尤其入夜的城市，每一夜的生活就如同每一頁的文字，在霓夜傾讀間，心情總映藏在城影之中。

城市就像人的外表與個性，每一座城市有她的面貌與特質，並且因著歷史與人文的遞嬗不同，各自在白晝與黑夜展開渾然異體的風華。

每經入夜，城市在霓光的照耀下，並不寂寞，也不靜謐，霓光如精靈躍舞，幽空似染彩流洩，璀燦中帶著些許的魅惑，在諸多造型的城市建築物下，靜靜地與天宇星子相互輝映，交織出煙嵐氤氳的意象；然而，定視她，卻又顯得迷離紛錯，不時翻攪著一種易動不安的思緒。如果不是這樣平穩和輕緩的睟視，那些在夜裡閃現著螢綠魅紅的瞳孔，不會有心和我們相互一望，而我們也難以發現霓夜城影有別於白晝的車水馬龍。

夜，落在城市身上是擲地有聲，一種難以形容的窸窣，只有靜心夜讀城市的人才能感受到那種窸窣聲奔擾在我們的心裡，把鐘錶的跨距變成心軸的滾動，而原本我們亟欲恐懼的孤寂，像被梳子梳過一般，漸漸地，梳理出生命在霓夜城市裡的欣然閃爍，原來獨處也是一種享受，滿足生命在驚起的螢光流動和行道樹的飄颯腳步中，變得更堅強，不再須要夜幕低垂的掩飾。

憑窗看夜景是一種奇妙的心情，如果看夜景的城市有河，還可以擷取到水面街燈倒影與天上黯藍星空輝映的柔美畫面。

愛情故事也常是城市的人文景象，許許多多的悲歡離合都選擇「城市」這個場景更迭上映，不論是成雙成對的儷人，抑或形單影隻的旅者，在夜色霓光的催化下，便絲絲縷縷沸騰出無止息的情愛糾葛。

月色的美好，不分城鄉，但城市裡的月色，卻能掩蓋閃爍其中的霓虹紛飛，顯露出那種無法言喻的明亮。有時曳著暈影在人群與巷弄的彎道裡若隱若現，彷彿流晃著無聲卻又極盡熱情的皮影戲，騷動了城市人的眼睛。

入夜的城市一如白晝，荳蔻胭脂、繁華萬千，不似解妝後的鄉村，一切歸於淡雅寧靜，只聞蛙鳴、蟲唧與風聲。然而，我們若能卸下霓夜錦織的彩衣，就能在城影之中憑添幾許的清純，人與自然彼此默默無語地觀照對方——城市心情會深深映藏在我們底心，而我們經年累月積蓄的城市故事，也會一串串被拉引出來，或許，在多年後的某一天，不禁呀然自己的心情故事竟已鑄為城市景觀的一部份，久久為時間收藏。

原載於【青年日報】副刊

——二〇〇二年十一月廿五日

# 柔波橋影

千百年來，在歷史的遞嬗與歲月的風霜中，人們構築一座又一座不同質的、不同造型的橋，把一處又一處的阻撓給接續起來，它總是負載著兩端不同的命運，命運裡藏著兩處不同風貌的地理價值，藏著兩處不同生活與歷史的軌跡。它是空間藝術的表現，也是文化的視窗……。

站在橋上，水光雲天與時幻移，軟泥上的青草欣欣，波光瀲灩，波影盪漾，在攝影師的鏡頭下，是美感矇朧、如詩似畫；在我的眼底，是身影沐在薄薄的霧氣中、橫臥在水的柔波之上。

學生時代的作文課，老師總是引導學生抽象的思惟，寫到「橋」一定要著墨「心橋」甚於具象之橋，認為「橋」不只是兩地溝通的距離，它所承載的更是人與人之間深刻情感的交通往來。

長大後，步履足跡於各式各樣的橋，我用雙手觸摸它的質感、用雙眸細察它的紋理、用思考想著它的形成與滄海桑田，我乍然發現：一座「美麗」的橋，堪稱以最不矯揉的風姿，為大地造景，為人們蓄情。誰說寫「橋」一定要著墨於抽象的「心橋」呢！具象的橋也同樣令人有發幽省思之處啊！

橋的美感，不僅與大自然相得益彰，也在時間與歷史的流動中，展現出不同的百媚千姿，每一座橋都透露著它的故事，故事裡不只有歷史的軌跡，更有其幽幽長思的探索。從初建到構成，從啟用到斑斑歲月，所蘊涵的是那麼豐富多元、那麼機趣橫生。

走過一座橋，彷彿從一個世界走向另一個完全不同的生活天地，無論從歷史或情感的角度看，橋都是那樣無私無偏地承載著每個過往人的生命能量，將這些人從這方過渡到彼岸那方。

橋也同人一樣，它是有個性的。都會區的橋，氛圍是緊張的、快速的，有些是氣勢恢宏的橫霸兩端，睥睨著叢林建築；有些則幻化成一條金龍，蜿蜒曲勢於流光璀璨中，在夜韻如墨的市景裡，啣著迷醉的燈光。

鄉間的橋，異於陌然擦肩而逝的都會之橋，它呈現出一張張熟悉臉孔的表情，像是老農村婦的親切招呼，像是溪水清澈見底的緩緩潺流。那些競飆的車速，時而疲憊趕路，時而片刻駐足拍照，淨是外地遊客的不懂用心。只有真心待橋如己的當地居民，才能在方寸身影之間，優閒漫步，感受橋的吐納呼吸聲。

橋也是情侶相約之處，諸如：淡妝濃抹總相宜的中國西湖橋、唯美浪漫的英國康橋、柔媚多情的法國新橋、有情人終成眷屬的日本相逢橋……。

男男女女翹首的臉龐，像是秋水穿眸，也如在水一方，盼的、想的、急的、望的，總是旋足踱步於橋面之上。在相見的剎那，閃著喜悅的擁抱，緊緊依偎；在苦候多時，仍舊人影杳然，便流露出失望的傷感，這些情景，既令人柔腸、也令人思往啊！

千百年來，在歷史的遞嬗與歲月的風霜中，人們構築一座又一座不同質的、不同造型的橋，把一處又一處的阻撓給接續起來，它總是負載著兩端不同的命運，命運裡藏著兩處不同風貌的地理價值，藏著兩處不同生活與歷史的軌跡。它是空間藝術的表現，也是文化的視窗，在人們的足履交錯中，靜靜地透露出心靈的渴望與相互慰藉的訊息；在人們生命的傳承裡，有著溫柔的感動與難忘的記憶。

原載於【台灣時報】副刊

——二〇〇〇年五月廿五日

# 卷三

# 跫印

散落在天涯的跫印，像是散落在不同時光裡的心情片羽，暫歇於每一個驛站。等到拾起記憶的碎步，在闃寂鵝黃的燈下專心拼湊，才驚覺那綿延而斷續的宿寐，有異地的月華哄我入眠。

夢境如風雨飄灑，直直打落在枯葉堆滿的泥跡上，雨水稀糊了它的形貌，風沙掩蓋了它的原樣，但感動，還是深刻不滅，緣起於最初的旅程。

# 行旅者之翼

這人生如旅，我常常希望能自由自在，像穹蒼裡的一隻大鵬，美麗而堅實的羽翼乘載著一片天，勾動著年輕狂野的心上山下海，走我自己的路，做個天地間灑脫如風的男子，須要停就停，須要留就留，一個相當有見識、有理念的男孩，執筆寫下生命的行旅……。

喚醒行旅者最初的感動，在振翼起飛的剎那間。隨著視點的移動，改變著心向軌跡，決絕從礦物般地的人生終局裡，展開一扇窗口，把握生命行旅的道途，就像隱身在重巒疊嶂的落日餘暉，成為出岫的可能。

曾經，刻意向主管請了一天事假，其實不過是偷閒外出透透氣，紓解心中多日來的壓力與煩憂，一天的假期很難能到多遠的地方散心，在踟躕間，腳步不知不覺已踏進了大學母校中興湖畔。我在湖邊的躺椅坐了下來，從背包裡取出飲料，吸一口解渴，微風便轉轉吹過，湖上的白鵝依舊悠游，戲水的趾蹼雖非當年那群，而陽光映照著卻是不變的湖水，仰望藍天，仔細觀察陽光的線條，微風拂過湖水，拂過我的臉，風裡有著陽光和湖水的味道，我不禁慨然：「這麼好的景致，應該常來的！」

出遊，有時並非刻意的安排，只是把習慣改了改，以前是目的式的尋友訪景，現在則是隨興所至，想憩就憩，想行就行，乍看之下，還真是欠缺規劃，也很沒有效益，但是，也因為少了「目的性」的行旅，卻常有出人意表的收穫。就像生命出現日益龐大的固著，於是，必須常常很認真地在變化急遽的生活節奏中，必要性地粉碎一些根深的固著，包括思想，好騰出一些空間，讓整個身體投入，甚至歷險。

然而，人們的固著起於恐懼改變和歷險，於是產生了距離與不信任，不信任的原因在於沒有共同的語言、沒有共同的思考，因此，也就沒有彼此的認同，認同在人與人、人與自然之間，顯而可知，預設心理便蟄附於個人立場之上，那種欲行還拒的感覺就像意外的旅程，一旦蓄勢待發的身體即將前去嚮往的旅地時，急急奔向鎮上的火車站，卻又不幸錯過了火車，讓自己相信剛剛猶豫五分鐘的決定，其實是另一種矛盾的失落，失落在可能的去程或回程上。

轉而改搭巴士，情況好像也沒有多大的峰迴路轉，候車的同時，習慣在等待的時刻從背包取出書本，就要讀起書來，這才發現又陷入了猶豫中，再驚醒，就差幾步，巴士還是揚長而去，念頭閃啊閃，拂面的風全往後退，直到下一部巴士停站的剎那，一切才回復原有的秩序。

這人生如旅，我常常希望能自由自在，像穹蒼裡的一隻大鵬，美麗而堅實的羽翼乘載著一片天，勾動著年輕狂野的心上山下海，走我自己的路，做個天地間灑脫如風的男子，須要停就停，須要留就留，一個相當有見識、有理念的男孩，執筆寫下生命的行旅，沉著堅毅的生命韌度不偏不倚就鑲嵌在字裡行間。

車站於某些人而言，是旅程的起點，相對另一群人，卻是終點。行旅者之翼總在這起點與終點棲止後又振翅、振翅後又棲止，來來回回，不知凡幾。

這暮色的別離也好，這清晨的起程也罷，我不知何時能再回履，歸途的心情，頓時更加沉重起來，倒不是捨不得旅地的清風明月和住民的迎笑相待，而是被一種迷漫在旅地裡的人文歷史所驚歎！尤其是古城小鎮，那朗朗晴空的白天，走在幾世紀前鋪設的石板路上，我彷彿聽見當時的馬蹄聲躂躂地踩過；入夜後，在氤氳古黃的燈光下進餐，又是一番古典的婉約，身體與心靈不知不覺也出唐入宋，那空氣是千年以前流動的。

古城小鎮的民宿，不若飯店旅館那般缺少濃濃的歷史軸線，它除了是行旅者的休憩站外，更是一頁頁充滿深情相覷的生命記錄，厚厚的浴巾拭去旅人臉上滿是灰塵的汗水，旅人因疲憊和陶醉，在煙霧迷濛的浴室裡深深愛上這富有居家陳設的浴間，民宿是旅人記憶相簿裡的思念，除了休頓，就是能與民宿主人閒話家常，在歷史的洪流中逆溯而上，爬梳那些漸為人們所淡忘的鄉俚奇聞。

迢迢的行旅跋涉，望之欣欣然，馳騁想像中，是那樣深邃、幽遠，原來，時間與空間的更迭，確實撞擊著一顆人與自然大化冥合的心靈扉頁。

原載於【青年日報】副刊

——二〇〇四年一月九日

# 山居情事

第一次來到有人招待的山中小住幾天，我一面靜觀這片山色夜景，一面與朋友敘舊懷昔，在姿容清麗的月華下，傾出全部的心耳真心環抱，天際是滿眼星輝，眨了眨，穿透我如劍如潭的眸心，如此溫柔又似狂潮湧起，我微微一笑，彷彿隱入白雲深處的神仙居所，有不想下山的念頭……。

朋友自山中捎來信，邀我到他工作的地方，稍做兩三天逗留。到朋友的居所時，已近黃昏，朋友家的那扇疏雕木門緊掩，看樣子是工作未歸，我放下行囊，弓身坐在門前一排矮矮的磚垛上，靜靜閱讀著口袋書。

等候多時，仍未見朋友的身影，想御山嬉泉，既無嚮導，又擔憂迷路，只好獨自在附近的山道閒散，不敢走遠。

山風漸晚漸冷，落在山道上的枯葉，有時飛揚旋轉了起來，迎面擦過我的髮際。沿路的野地花容，不僅爭奇鬥豔，還開得相當熱鬧。偶而，視野之前也飛來幾隻清麗的黃、白粉蝶，在我的額頂上婆娑徘徊。一群趕路的候鳥行色匆匆，猛然仰望，留下的只是串串輕聲細鳴。

夕照深濃，天空的顏色果然極其美麗，幽紫幽紅、泥褐泥黃……，好一片鮮豔濕潤的光澤，彷彿是彩筆剛剛皴擦、渲染一般。

也曾訪勝探幽，聆聽籟音，徜徉在一片風雕水鑿的自然山林，讓吾心情境挹取芬芳，卻因此常常幻山化水般地沉入如此景致之中，是感動造物者的鬼斧神工，讓我有緣有幸目睹這奇景美色，但也慨惜自己拙於繪畫，無法一筆一筆鉤勒出當下生命與自然交融的喜悅。

因著貪婪的賞景、癡癡的讚歎，時間早被我淡出現實之外，忘記自己在這日落歇息的山中走了多久？直到朋友輕拍我的肩膀、喊著我的名字，我才又驚醒走回現實之中。

我對朋友說：山林既是一個天真的孩子，也是一個成熟的大人，她是那樣的非凡、那樣的神秘崇高，令人打從心底可敬可佩。

朋友對答：自然藝術之所以引人入勝、發人深思，是因它生命的簡樸純真正與我們庸碌的生活燃起感通啊！所謂「天人合一、大化相會」。

是啊！那些在我們生命中有過的駐足與擦身的片段，懸宕於內心深處的起落擺盪，不就一個「萬物靜觀皆自得」嗎！

用過晚飯，我和朋友在屋前的磚垛上促膝而坐，彼此因畢業而分離多時，如今相聚，也就閒聊起大學時光的點點滴滴，霎時，山中煙嵐縹緲移了過來，寒得令人打起了哆嗦，朋友替我加件外套，我才覺得有些暖意。

第一次來到有人招待的山中小住幾天，我一面靜觀這片山色夜景，一面與朋友敘舊懷昔，在姿容清麗的月華下，傾出全部的心耳真心環抱，天際是滿眼星輝，眨了眨，穿透我如劍如潭的眸心，如此溫柔又似狂潮湧起，我微微一笑，彷彿隱入白雲深處的神仙居所，有不想下山的念頭……。

原載於【青年日報】副刊

——一九九七年十二月七日

# 出唐入宋

愛詩、寫詩，也得過古典詩首獎的我，深深陷於唐詩宋詞的魅惑意境裡。信手拾起腳下的落葉，冷冷的原子筆墨水就溫溫潤潤的溢出詩句在葉脈上。詩成，和著平仄與韻腳，我從內心迸出磊磊的感情與愛，朗朗吟誦了起來，月光以璀燦溫柔的愛，綿綿相待……。

有些事情像一陣風吹過，是很容易遺忘的；有些事情像滴水穿石，卻深深烙印著無法磨滅的記憶。

前些日子外出旅遊，投宿在山間旅店。

夜裡，獨坐在林間滿是潮痕露珠的木階上，天空雖然褪去了原有的碧藍，因為有了月光，反倒出凡地明淨，皎潔的月光裡綴著繁星點點，映得林間明明滅滅，別有一番風緻。

我不熟悉這裡的山性，只是這夜裡的山、夜裡的樹、夜裡的月光，因為雲霧的湧動，讓我心底不自覺有了無以言喻的詩興。

大學唸的是中文系，對中國古典詩的一往情深，已經到了執迷不悟的地步。

愛詩、寫詩，也得過古典詩首獎的我，深深陷於唐詩宋詞的魅惑意境裡。

信手拾起腳下的落葉，冷冷的原子筆墨水就溫溫潤潤的溢出詩句在葉脈上。

詩成，和著平仄與韻腳，我從內心迸出磊磊的感情與愛，朗朗吟誦了起來，月光以璀燦溫柔的愛，綿綿相待。

夜深了，忽然覺得微寒，起身抖落一地的山風，走進屋內，拿出行囊裡的信紙，向友人簡要地概述我在山中遊興的情形。

收過我信件的同學和朋友，他們常常都會驚訝於我這種表達方式：信紙上除了寥寥幾句的生活近況外，就是一片或數片題詩的句子。有時，信封裡甚至沒有信紙，只有落葉片片。

曾經，他們也來信問道，為何如此？有特別意義嗎？我答說：詩不是只能成冊成籍地鉛印在書本裡，詩是生活中情感與智慧的累積，真正的詩是在生活之中，是無所不在的。

慢慢地，他們也習慣和喜歡於我這種魚雁方式，有了特殊的情感之後，他們想知道我的心情，往往不是從信紙上的文字，反倒是從題詩的葉子上。

詩與生活的相融相和，在彼此互捎訊息的當兒，觀詩、賞詩，讓雙眼緩緩踩著成行成列的詩句，靜穆而行，便成了我和朋友的一種溝通方式。

ꕥ 原載於【台灣新聞報】西子灣副刊
——一九九七年十二月廿二日

ꕥ 原載於【台灣新生報】副刊
——一九九八年一月三日

# 十景入畫盡山城

小城三面環山，一面臨水，拔起的地勢，自成天然的屏障，因此四季溫和，雖是盛夏，也不覺天熱，加上水利良好、土地肥沃、空氣清新，常常讓迢迢倦旅歎為福天洞地。

山城的美，不只在天然景緻的雕琢，她其實雜糅著世代住民惺惺相惜下羅織而成的生命裡珍貴的記憶。那些歸鄉遊子在跡履雄氣磅礡的東勢大橋同時，仰望茄藍長空與翠綠山巒交壤的天際處，肯定滿心感動大自然的神來之筆，如此世外桃源之居！

東勢位於大甲溪與大安溪之間，東西四公里，南北二十公里，海拔三百五十六公尺，是中部橫貫公路的起點。公路蜿蜒左達谷關、梨山；右通有中部陽明山美譽的東勢林場，行駛在狹窄的柏油路面，忽而陡坡，忽而險降，山路迴環折曲，煞是驚悸。車行至高處，崢嶸峻嶺，重巒疊嶂，而四周的林相層次，更是堪稱絕景，然而，一抹青翠總在縱目所及的兩旁，一邊是瀕臨深崖溪谷，一邊是緊倚灌叢山壁，又一驚悸。

小城三面環山，一面臨水，拔起的地勢，自成天然的屏障，因此四季溫和，雖是盛夏，也不覺天熱，加上水利良好、土地肥沃、空氣清新，常常讓迢迢倦旅歎為福天洞地。而且東勢居民的先祖大多是從廣東來台墾荒拓地的客家人，夙來便以勤儉耕讀為訓，所以文風鼎盛。自清季、日據時期以來，東勢便以八景著稱，山水連天，文風一色，腳步在小城裡踅旋，處處入畫。嗣後，由於地方政府的建設，使今日的東勢又增添兩景，可謂十全十美，盡收眼底。

一、鷹峰積雪：巍巍矗立於東勢東方，形若鷹嘴的鳶嘴山，是大雪山的主峰，每到嚴冬，山頂積雪銀白。天晴時，日光反射，一種跳動的刺激，濾下無數的金花斑點，景色絕美。

二、神山煙雲：綿亙東勢北方而行的吊神山，當晨光初初橫擊過他的崇高一剎那，他甦醒的雄姿讓沉寂的小城街衖，全都浸在透明的曦色裡。吊神山厚實地凝結成豐沛的命脈，是鎮民崇敬的守護山神。

三、科山樵歌：沙連河以東一帶，稱為竹頭科，昔時每有樵夫、牧童在此地邊工作邊唱山歌，聲音幽遠悠揚，置身其中，讓人有盡拋名利之思。

四、平頂橫雲：大甲溪西岸與新社間的橫崗，稱為平頂，夏季黃昏的雨後，白雲層層疊疊，壯若頂棚，風在棚下驅走，似飛禽掠空，如兔躍青草，細聽那斷斷續續的呼馳，煞是驚歎！

五、紫蟹臨江：約百年前，東勢的舊市街，外形像極了紫蟹伸長兩腳，環抱著大甲溪，舊市街也是東勢最早的發源地、人口聚集區，熱鬧的景象，可擬廟會之盛況。

六、濯足啜泉：大甲溪是中部的主要水源地，近年來，雖然日漸為沙石淤淺，但仍不時湧出清泉，成為難得的景緻，夏日或足探清泉、或掬一口泉水啜飲，都會令人通體涼爽，暑意盡消。

七、溪畔黃昏：傍晚時，在落日餘暉下，到大甲溪畔，聽流水潺潺，緩急高低的音律，或阻或暢地慢慢而行；尋夜幕裡的天籟，絲絲入扣地錯落在菅芒與卵石之間，星星曳著神秘的託付，總在你不經意的眨眼時飛行。

八、匠閣崇大：根據地方志的記載，乾隆六十年，官方招募工人伐木製材，結果有不少工人被山胞所殺，因此，官方才在東勢建立匠閣，供工人住宿，並且派兵駐守，保護工人。後來在原址設立考場，以匠閣為考試會場，並且興建文昌帝君廟，作為奉祀，東勢因而文風大盛。

九、龍馬蟠踞：由外地進入東勢山城，第一個映入眼簾的便是東勢大橋，它是山城對外聯絡的主要交通幹道。橋的四端各雄踞四隻「龍馬」，雖是雕塑圖騰，卻是威風凜凜地橫跨於大甲溪之上，耿耿護衛著世代鎮民。「龍馬雕塑」圖是山城鎮寶，根據地方志記載，中國人以龍為祥、以馬為禎，龍馬乃取馬身龍首之形以為麟瑞之兆，因此，山城鎮民喜當以「龍馬雕塑」圖為守護之獸，關扼對外之衢。

十、綠色走廊：綿延豐原與東勢間十一公里長的鐵路東勢支線，因公共政策的關係，全化做風華萬千的綠色走廊。小鎮車站的古樸陳蹟，雖成歷史，不復重見，但規劃後的自行車道風貌，卻有著另一種年輕的文化氣息。現在的車站遺址，給予人的視覺空間，可說是構築璧合、氣象萬千，兩旁的行道樹，株株青綠，花兒朵朵飄香，軌道化成蜿蜒如曲的綠色走廊，人們腳底踩的不論是雙輪單車、四輪協力車，或者是六輪包車，一路騎去，靜靜地迎風而騎，可以稀釋住民對火車站拆除的濃稠鬱結，也可以喚回旅人對大自然與鄉土人文的感動，如此看似平淡，卻是火車站的另番生命風情。

東勢是一個以務農為經濟活動的小城，人口始終維持在六萬人左右，沒有工業的污染，也沒有城市的喧囂，客家人的質樸堅毅，全寫在生活的影像上。鎮郊的山路是鳥鳴唧唧、花香撲鼻，兩旁盡是橘林與梅園的嬌姿怒放，而垂累的果實懸在枝頭上，是未經修飾的自然美。更遠處，小徑分歧，農舍稀稀疏疏地鑲嵌在田野與果園間，晨起，煙嵐如縷，裊裊冉冉；入夜，天籟流轉，清風明月，甚是悠然！

東勢實在很美，從東勢大橋上望去，幾千戶人家，背山面溪，錯落有致，恍如畫家漫不經心的潑墨一筆，細看，卻又是畫家經心布局的羅列皴擦：連綿一片的山巒，有時淒迷、有時蒼翠，不論什麼時節，總是適合入畫。

# 湮沒的車站

人生的際遇總是殊難預料，東勢火車站的生命也同樣無法預知，鐵路支線常是豐厚的社區文化蘊藏處，而公共政策毀去了她的容顏，這是小鎮居民的痛。火車站的生命版圖，彷彿是一條跨越小鎮歷史的長城，她是這樣樸素、安寧的拱衛著小鎮，從創建開始，便承受著太多小鎮居民抖落的足印與悲歡離合……。

城市中旅居的寂寞心情，還是歲月的更迭！生為小鎮人，在離鄉至異地求學，才驚覺自己不只對家鄉人有情，連對家鄉的建築也有一種易感觸、易陶醉的深幽情懷。遙遙異地的求學歲月，總是心靈深處的頻頻撞擊與相應，這樣的情懷游移著腳步，常是有意無意泛起陣陣鄉愁，彳亍多年，歸人的心情才漸趨沉澱平穩。

人生的際遇總是殊難預料，東勢火車站的生命也同樣無法預知，鐵路支線常是豐厚的社區文化蘊藏處，而公共政策毀去了她的容顏，這是小鎮居民的痛。火車站的生命版圖，彷彿是一條跨越小鎮歷史的長城，她是這樣樸素、安寧的拱衛著小鎮，從創建開始，便承受著太多小鎮居民抖落的足印與悲歡離合，她是小鎮居民的生命共同體。而公共政策的觸角，卻大剌剌地穿越進來，搗毀文化記憶的景象，讓火車站幾近落寞，無處泣訴。或許，火車站真的老了，如同人生一般，無可避免地歷經了成長、繁華與凋零，是自然的頹圮，也是人類面對政策興廢的躑躅與反省。

火車站拆除的那一日，我青春飛揚的年少心情，頓時擠出了滴滴清淚，那是我從未有過的難忍，比負笈離鄉的心情還要不捨，一種執著昔時跫音的沉緬，從感官記憶裡絲絲流出。仔仔細細看著火車站，穿越歷史脈絡中的空間意象，節節車廂的生命律動，不知要如何再賦予生命力，把滄桑的面目重回最初的錦繡年華？悠悠的感觸，扯及心潮有無起伏的矛盾，是火車站的文化氣息滲透在小鎮居民生命個體裡的思維。

然而，強勢的公共政策終究給了火車站無可抗禦的宿命，軌道沒了、枕木與碎石也沒了，月台的售票口、候車椅全靜靜地躺著，塵埃蒙上了她的容顏，明知牆壁、地面有傷口，標的柱上的站牌名也紛紛漆落，鏽黑的兩行軌道日曬雨淋，廢棄的火車站無疑成了青苔與野草生長的客體，主客異位，剎那間，好像什麼都變得陌生，卻又有無法遺忘的熟悉，小鎮居民甘心蜷居於陳舊但甜美的回憶裡，不願遺忘，不願遺忘是因為居民們曾經下過很深很濃的真感情之後，才知道什麼叫「難分難捨」的情感撕裂。

火車站景觀雖不復依舊，盼能多一點文化的孺慕與歷史的追懷。在政府尚未妥善規劃與安置前，她遲暮的容顏，每每在夕陽暈暉斜照下，就增添了幾許老態殘妝。像這樣無法拼湊原樣的心碎，我多看她幾眼，內心就不忍她幾番瘡痍，春夏還好，一到秋冬，寒風有時又搓揉她衣不蔽體的身軀，使她全然不成形貌、颼颼糾結，像是一塊任何人都可以無視踩踏過去的荒地。

我一向喜歡感性之旅，跋涉古道幽徑，漫步古街老宅，欣賞古廟遺蹟，一顆古老的心與歷史是多麼的貼近！緬懷古文明其實是一種很浪漫的事，這些歷史文化總以一種古老沉穩的力量，和煦撫觸了我旅人般的身心，一如向晚的天色，火車站在歲月長流中褪淡的痕跡，總蘊藏著一股渾厚樸拙的氣息，生命融入建築是幸福的，從此，再也不想遊走他鄉，即使要離去，也會向火車站揮一揮手，心心念念縈繫著永遠的精神標的，知道她的寂寞無訴，也要陪著她寂寞向黃昏。

雖然綿延豐原與東勢間十一公里長的鐵路東勢支線不再，全化做風華萬千的綠色走廊，現在的車站遺址，給予人的視覺空間，可說是構築璧合、氣象重生，兩旁的行道樹，株株青綠，花兒朵朵飄香。小鎮車站的古樸陳蹟，雖成歷史，不復重見，但規劃後的自行車道風貌，卻有著另一種年輕的文化氣息。是的！蛻變後的火車站，如遠颺的箏，掠過月台上曾經穿梭的人群，火車雖然不再啟航，但那段學生通勤、雪山伐木運載的光景，並不教人遺忘，小鎮居民還鮮明歷歷地保留著這方面的生活影子。

天暗了，不過，居民們清明覺醒，腳底踩的自行車道，一路騎去，可以稀釋對火車站拆除的濃稠鬱結，也可以喚回對大自然與鄉土人文的感動，靜靜地迎風而騎，好像不再陌生，反而熟悉，看似平淡，卻是火車站的另番生命風情。

憶及初初離開這一連嶂長巍、青山倒影溪水的小城，在異地未能成眠的夜裡，常是獨自一人欺身窗外望去，感歎世事白雲蒼狗，而唯一不變也最能牽動遊子心情的火車站，氛圍確實今非昔比……，不論是遠眺、近觀、睇看、細察，除了車站主體建築遺址存在，還有那軌道兩旁老舊的屋舍與不同品種的果樹成列外，心眼一交會蜿蜒如曲的綠色走廊，便有神思不完的年少往事，東勢火車站的點點滴滴……，全是我記憶裡的珍貴景緻。

也許若干年後，文化把歷史話題壓縮在車站遺址的月台上，聽著小鎮居民為外地遊客驕傲地訴說著，當年東勢火車站的點點滴滴，尤其是客家莊的風土民情，縱然未能盡說明白，但我相信：那些慕名而來的旅人以及東勢的遊子必然能夠體會和了解火車站與住民的深濃情感。

原載於【青年日報】副刊

——二〇〇四年三月廿七日

# 微雨的小城

鹿港的年輕人，越來越少在此地生根茁壯、反哺母土，經濟結構的改變，使得原非地貧壤瘠的小城，也面臨求職困難的窘境，紛紛離鄉到都市尋找更廣闊的天空發展，家鄉所存遺的只是斑剝褪色的古厝、幽靜長空的巷徑，像是註定老人與小孩的棲處，學者與遊客的覽區，歷史走到此就斷了……。

第一次到鹿港，是入伍半年後例行山海移防的交替時節。那時，熾陽環伺，溫度很高很燙，時序即將進入仲夏端午。

我是旅部先遣人員，與其他幾位參政文書由駐地中興嶺到鹿港先行交接業務。嶺上的山居生活，除了一般例行操課訓練外，文書的工作就是協助幕僚處理業務，算是清爽幽靜。可是再過不久，就要轉換駐地，一想到鹿港的海風鹽沙與猖獗的偷渡客，整個心情一下子就跌落谷底，未來的日子勢必將有一連串不同於嶺上的操練課程！

一日，微雨的陰天，我因特殊任務，獨自一人前往鹿港，在古典幽靜的小城裡，我匆匆的步伐，像是翻山越嶺的躂躂馬蹄，瞬息於巷弄之間。後來，公務處理妥貼後，我才感覺到乾渴的唇舌已經遊絲若離。前方不遠處，正好有三兩家茶店，走了十來步，進入其中一家茶店，因為太渴了，也就無暇再慢慢瀏覽項目表，隨口叫了一杯特大的梅子綠茶，旋即上了三樓。

公務已了，時間綽綽，私心放逐地做了一次小小的目遊。隔著明窗，我極目四望，三樓雖不是鹿港的最高樓，但與此店周遭的磚瓦平房相較，也算能窺得概貌。

心情異常興奮，像是剛出世的寶寶，兩顆骨碌碌的眼睛，鉅細靡遺地好奇探索。以前在書上讀到：一府、二鹿、三艋舺，原來如此！

這麼多年下來，她除了原先的安靜祥和外，我細細體會著，其實，在她的安靜祥和裡，有種彷彿了然世間的無常，輕輕懸浮著笑看人生的表情。

飲料喝了半杯，邂逅鄰桌一位年輕人，他叫小政，與我同齡，是另一部隊的阿兵哥，休假回家，來這家店喝茶，只是想回味高中時代常與同學在這兒的歡笑情景，又是一位懷舊的多情人！

在人進人出的茶店裡，我們談得很開心，我專注地傾聽他訴說心中事，個性樸拙正直的他，像是浪水拍擊的礁石，字字句句如是堅定；膚色讓陽光曬得黝黑健康，可是吐露的話語卻慘白如雪。

他說：鹿港的年輕人，越來越少在此地生根茁壯、反哺母土，經濟結構的改變，使得原非地貧壤瘠的小城，也面臨求職困難的窘境，紛紛離鄉到都市尋找更廣闊的天空發展，家鄉所存遺的只是斑剝褪色的古厝、幽靜長空的巷徑，像是註定老人與小孩的棲處，學者與遊客的覽區，歷史走到此就斷了，身體依舊日升月落，心靈卻徘徊在空虛的胡同裡，怎麼走也走不出來。曾經，他也像同齡的好友一樣，國中一畢業，就到都市讀高中、大學，從來不會想到家鄉的生命正逐漸衰老。大學畢業後，等待當兵的那段日子，生命經歷了一些事，想法與觀念也受到程度的撞擊，疾疾飛奔於外的心，就不像彼時那般浮躁難安，思來想去，可能是：歲月與歷練、昇華與沉澱，事事不再那樣執著、盲從。

健談的小政，很誠懇、很內斂，幽幽吐著他對自己家鄉的眷戀，那種褪盡繁華的不捨，像是美人遲暮、紅顏不再，留下的只是無限回憶與欷歔。

小政的話，讓我心有戚戚：在生命成長的過程中，我們是多麼迫切需要心靈上親近的對象，不論是生活、情感、學習歷程等等，心靈上的孤單可因有了對象而獲得溫暖，身體上每一寸細胞的感覺，宛若張開細細密密的織網，織微縝緻地感受對象的悲喜情緒。在驚惶失措的時候、在無依無助的時候、在神情鬱悶的時候，我們都能有所方向地航往泊岸處棲息。

微雨稍歇，窗上的水珠漸漸滑涸，小政說話說得渴，喝了一大口茶，潤潤喉，看我的模樣，問道：「阿兵哥？」

我笑著回應：「嗯！」

「和我一樣也是休假？」

「不！」

我告訴他機緣來此的原因，借公事出遊，洗滌內心積存日久的疲勞，回去後，仍要背負更多業務的重擔……。

兩個素昧平生而同齡的大男孩，需要怎樣不可思議的緣份，才會彼此相遇，也許將來我們會成為往來頻繁的好友，也許相反地，我們只是異地一瞥，如煙水濛濛，輕煙裊裊，漸行漸遠。

原載於【台灣時報】副刊
——一九九九年十一月二十日

# 心中有塊明礬

這場不速之雨，雖來得如此突然，但，我的心靈一如寺宇、石板、山道、花木，點點滴滴被雨水這麼一沖，反倒清新無塵。那心快意爽、暢然自得，或多或少都在我心中湧起一些滿足與了悟。原來，在觀照人生與自然的同時，往往能於差異中發現祥和與寧靜⋯⋯。

早上十點，坐上客運班車，原想去后里馬場，突一個轉念，便改了行程，再次造訪毘盧禪寺。

進入寺內，便往後山前行。山道順著山勢，一級緊箍一級，古木修竹，蓊蓊鬱鬱；清流掩映，白石晶瑩；奇花散馥，異草含芳，豪豪邁邁、生機勃勃地跳動著。

往寺之西南，有一座多寶塔，塔高三層，圓頂仿羅馬式建築。緣著鐵梯直上頂層，可以遠眺丘陵起伏，田園萬頃；而大甲、大安雙溪，南北環拱；七星、火燄二山左右柱擎，視野之廣闊，令人為之昂揚。

才入山沒多時，雲雨就激速密集，一個明亮晴朗的上午，頓時變得沉黑凝重，雖然心中有些不悅，但還是暗暗慶幸這場陣雨，即時沖淡了燠熱的天氣。

濺著泥漿和落葉，我依著山道往寺內走避，相去不過才數公尺的距離，而進入正殿後，已是滂沱大雨。

以前來此，只知一個勁地往山內走，從沒有仔仔細細端詳過禪寺的古樸與玄幽，而這場不速之雨的來臨，卻讓我得以靜靜地窺視她的乾坤。

盤根於禪寺周圍的大樹，雖不及後山的年深日久，但，淋灕雨水中的樹影，搖曳婆娑在昏暗的天色裡，卻也透出明亮以外的誘惑。

寺前是一塊毗鄰一塊的長形石板，很有秩序地相間排列，苔痕與綠草，兩兩叢生於隙縫之間。灰黑的石板，夾雜青綠的苔草，顯得是如此地沉實而欣然生望，絲毫忘卻了曾經被歲月踏過的老邁。

正殿是玄遠、空靈、寧靜的，半西式建築，莊嚴肅穆，雄壯宏偉，我細數著：階有六級，柱有六根，彷彿是完美的大順之意。啊！悠悠情思，我不禁察覺：這不正與廳內供奉的觀世音菩薩隱隱契合嗎！

再次端詳殿前的柱頭，兩側門的牆壁，斑斑是時間染化的色澤，而不是庸俗的紅牆綠瓦。但，那木古、幽雅卻更見禪寺的沉穩與持重。歲月走過的祥和寧靜，竟不著痕跡地自自然然柔化這佛教勝地。

寺簷落雨的樂音，點點滴滴灑著這一草、一木、一石、一瓦，彷彿是藝術的羅列安排，心靈的細微生機。

我靜靜地凝聽，靜靜地沉思，怎麼也想不到，如此的禪寺會是那樣的質樸自然、無欲無爭。

雨更大了，然而，我的心卻更為澄澈，也更能感覺平常無法感覺的一種寧靜。大概正所謂的「雨鳴山更幽」吧！

這場不速之雨，雖來得如此突然，但，我的心靈一如寺宇、石板、山道、花木，點點滴滴被雨水這麼一沖，反倒清新無塵。那心快意爽、暢然自得，或多或少都在我心中湧起一些滿足與了悟。

原來，在觀照人生與自然的同時，往往能於差異中發現祥和與寧靜——走出幽暗的斗室，讓生活接近自然，那麼，在都市叢林中所油然生起的焦躁與陰鬱，將會是「江河流月去無聲」。

當雨停之際，我趁時走出了毘盧禪寺。

此刻，心靈不再焦躁與煩悶了。我想：不是這場陣雨沖淡了燠熱的天氣，應該是心靈已與自然契合，如此才能氣定神閒、暢快適意，就像我的雙腳正踏踏實實地濺著泥漿，步出毘盧禪寺一般。

啊！沛然成河的喜悅，隱隱地讓我感覺到菩薩輕揚的唇角，正微笑向我送行。

原載於【台灣時報】副刊
——一九九五年八月十三日

# 卷四　擎天

童稚的時候，我總喜歡枕在你寬闊的懷裡，和你一起仰望星空，然後慢慢睡去；求學的時候，我總是拿著第一名的成績單，站在你的面前，絮語不休地說著我的榮耀；長大以後，常常逃不出人世間的牢籠，而你一掌就撐起我心中的幽室，在那樣一個偌大的空間裡，給我無畏無懼的力量。

而此刻，今生你該給的都給了我，我卻在暢快適意的馳騁中發現，你是我的擎天。

# 藍天之外

有時，風大了，雲朵一片飄走，一片又來，我和父親就像躍籠而出的鳥，盡情馳騁在廣大的運動場之中，腳步總是以最輕快的節奏與地面摩擦，飛起如浪的跑姿，我們總是運動場中最瀟灑的一對父子……。

一直就喜愛藍天，愛它的那種澄澈，那種無邊無際，尤其是茵茵綠草上的藍天。

小時候，父親常常帶我到學校運動場的草地上躺臥，然後瞇起眼睛向上仰視無垠的藍天，更多的時候，我和父親對看藍天，猜測一團團幻化的白雲圖案，在我絲絲縷縷的心底，毫無保留地傾洩偌大偌多的想像力。

有時，幾片浮雲飄移過來，定止在我和父親的眼簾裡，天宇之間，那雪白、海藍、草綠三種朗朗色彩，便翩翩躚躚地悠悠款擺，屬於我和父親的心情記憶，則是一片好風好景。

有時，風大了，雲朵一片飄走，一片又來，我和父親就像躍籠而出的鳥，盡情馳騁在廣大的運動場之中，腳步總是以最輕快的節奏與地面摩擦，飛起如浪的跑姿，我們總是運動場中最瀟灑的一對父子。

而今，每當步履踏進校園的草地上時，童年歲月裡的記憶，猶如入夜的月光，緩緩升起。

那段追風逐雲的日子，在思念的深濃處，點點滴滴浮現眼前。

原載於【青年日報】副刊
——一九九七年十一月五日

# 心情瓶口

每個人的個性相異，對於事情的看法，只要是對的，合乎正義公理，都可以理直氣壯，用符合自己個性的方式，做婉轉的處理，以及表達自己正確的立場，其實是不必懷怒於心，弄得自己烏煙瘴氣，得不償失……。

遊了一趟谷關，回來便一直悶悶不樂，大哥問我怎麼了？我也不說，吃過晚飯，一個人在房裡生悶氣，想了好些時刻，還是很不開心，到了凌晨，看大哥房間的燈未熄，於是便敲門進去。

我坐在床沿，氣憤填膺地說道：其實，我在台中搭往谷關的客運時，一上車，便看見有三、四張雙人座位，但都只坐一個人，靠窗的空位則放置了旅行袋，我問其中一人：「這位子有沒有人坐？」那人抬起眼，不耐煩的搖搖頭。我接著又問：「我可以坐在這裡嗎？」那人很不情願地把旅行袋移開。

當我坐下來之後，一路上都很不開心，到了谷關，青山綠水仍然無法滌清我心中的鬱悒濁氣，僅管如此，卻也沒辦法，長途旅行，不得不找個空位子坐下休息。

說完，大哥一邊安慰我，一邊分析著整件事，他說：事實上，那個佔兩個位子的人，心不甘情不願地移開旅行袋，也不會是針對你一人，畢竟他又不認識你，何苦擺臉色給你瞧呢！換作別人問他，他也一樣會不高興的，你實在不必為這件事而耿耿於懷。況且，你也買了票，車上的座位本來就是給乘客坐的，不是拿來放東西，你大可心安理得地坐下，沒有什麼不好意思的。

每個人的個性相異，對於事情的看法，只要是對的，合乎正義公理，都可以理直氣壯，用符合自己個性的方式，做婉轉的處理，以及表達自己正確的立場，其實是不必懷怒於心，弄得自己烏煙瘴氣，得不償失。

我是個善感又易於情緒化的人，大哥就顯得比較理性多了，像這種看似雖小，卻給自己心情帶來極大不悅的事，經過大哥的解說開導後，我不再那樣鑽牛角尖，那樣跟自己過意不去了。

原載於【台灣時報】副刊
——一九九八年二月十一日

# 好風好景

氣質互異的家人，由於很用心經營，因此，與後院的花花草草有了血脈相屬的認同，從中也分享到了許多奇特的生命感受……。那些最初不經意闖入我們生活空間的「份子」有緣有幸與我們建立一種家的情感……。

家後院的花雕木窗，引進了院落的好風好景，生活成為一種難得的愜意。由於從事的是補習班教學工作，因此上下班時間極為彈性，常待在家中閱讀、寫作與冥想。

這樣的生活型態，避開了一般朝九晚五上班族的塞車恐懼，所以，可以很優閒地喝咖啡、飲下午茶。有時，福至心靈地起個大早，花很多時間做早餐，然後坐在後院的長板木椅上吃了起來。優雅的享受閒情，大概是我生活中的習慣吧！

上小學的那一年，家中將老舊凋零的日式房子拆除重建，就像不計其數的違章建築一樣，為了日新月異的都市市容，或早或晚都逃避不了悄悄落幕，走入歷史記憶的那一刻。

新居落成的同時，父親也在後院植了許多樹種花苗，一晃眼，將近二十年的悠悠歲月，匆匆走過。

當年栽植的小樹小花，在秋冬更迭中緩緩生枝冒芽、開花結果，有些樹苗還成蔭如傘。

入夜，風吹葉振，綽約有致；曙光漸露，光影疏疏落落照在木窗上，閃閃跳躍。

氣質互異的家人，由於很用心經營，因此，與後院的花花草草有了血脈相屬的認同，從中也分享到了許多奇特的生命感受……。

那些最初不經意闖入我們生活空間的「份子」有緣有幸與我們建立一種家的情感，原本看似水泥盒子的家，如今卻成為每個人安置奔波後疲倦的身軀和心靈休憩的場所。

原載於【台灣時報】副刊

——一九九七年十月廿七日

# 院落閒情

生活不妨也給自己留白，節奏放慢些，在不急不徐的腳步下，把感覺貼近天地之間，眼觀時間的變化，耳聆萬物的蛩音，因為用了真情，所以能夠真正感受；因為付出了細心，所以能夠真正體會……。

家後院的花雕木窗，引進了院落的好風好景，生活成為一種難得的愜意。綽約有致的花草，有緣有幸與我們建立一種家的情感，因為有了它的精神連繫，使得原本水泥盒子的建築物，注入了血肉靈動的生命朝氣，很自然地，也就成為家人在外奔波後的疲倦身軀和心靈休憩的場所。

由於家人都很用心經營這座花園，因此，每個人不僅與園中的植物有了血脈相屬的認同，更是從中分享了許許多多奇特的生命感受……。

記得上小學那年，家中將老舊凋零的日式房子拆除重建，就像不計其數的違章建築一樣，為了日新月異的都市市容，或早或晚都逃避不了悄悄落幕，走入歷史記憶的那一刻。

新居落成的同時，父親在後院植了許多樹種花苗，一晃眼，將近二十年的悠悠歲月，匆匆走過，當年栽植的小樹小花，在秋冬更迭中緩緩生枝冒芽、開花結果，有些樹苗還成蔭如傘！

每每假日一到，家中的每一個成員便在廚房與後院進進出出，開始張羅聚餐的東西，有的鋪桌巾、有的擺餐俱、有的準備吃的……，熱鬧忙碌又極其慎重的景象，彷彿是一場貴賓雲集的隆盛宴會。

這樣的生活形態，除了凝聚家人的情感外，每個人可以很優閒地喝咖啡、飲下午茶。有時，福至心靈地起個大早，看黎明乍起，日頭從雲隙間開鑿出一片天光，光影疏密有致地篩映在木窗上，閃閃跳躍著。晨風輕拂，花葉微振，樹梢裡的鳥鳴蟲聲，時而靜息，時而響成一片，在日陽湧現下，舒舒爽爽地吃起早餐，優雅的享受假日閒情。

溫馨的家居生活，給了每個人很大的幽遊空間，彷彿隱入中國山水畫裡，私擬自己是邁邁古人，悠然神遊於巨幅卷軸之中，一展軒昂閒雅的氣象。

中國畫有一個特色，那就是「留白」。留白可以使畫的佈局架構形成意境，也可以使畫面不致趨向緊迫急促，寥寥數筆，暗示著空間無限，使觀者在詩意與情境兩相交融下，有著視覺上的空靈深遠，所謂「虛實相生」之理。

現代人生活忙碌，分分秒秒都在和時間競奪，不僅忘了與家人相處，更忘了與自己相處，周遭點點滴滴的人、事、物，都是浮光掠影、視若無睹，不會有真情感受的動容，也不會有細心體會的凝注。

生活不妨也給自己留白，節奏放慢些，在不急不徐的腳步下，把感覺貼近天地之間，眼觀時間的變化，耳聆萬物的蛩音，因為用了真情，所以能夠真正感受；因為付出了細心，所以能夠真正體會。

名山大川固然是好風好景，家聚的溫馨，何嘗不是一種生活上的好風好景？甚者，更有一番情緻呢！

原載於【青年日報】副刊
——一九九八年六月六日

# 晚禱

在許多無眠的夜晚，我經常悄悄造訪妳的房間，看看妳那可愛的模樣，於是躡步輕輕驅前，虛坐於小小的床沿上。而總要聽完故事才肯入睡的妳，依舊喜歡握緊爸爸的手沉酣而眠，直到妳小小的手鬆離了爸爸的掌心，我才滿足地俯身蝶吻你稚嫩的小臉蛋……。

冬雨霏微的夜晚，銀灰灰的天光，彷如悠悠的水影波動著圈圈紋漪，窗外的雨嗚零亂了羽毛填充的被褥，一把掬起蜷縮在帷帳緊掩裡的我，朦朧窸窣中，我從深沉的熟睡裡幽幽醒轉。

褪去睡意，我披衣下床，掀開陽台前的簾子，隔著微微敞縫的窗，聽聽外頭的雨聲，滴滴答答落在幾株盆栽上，還好！不大，僅細細地飄著。而此時，腦海裡閃著女兒惹人疼憐的身影，一轉身便走向另一個房間探看熟睡的女兒。

一如妳的不捨，像是每個父親都會做的動作一樣，靜靜地探看孩子熟睡的身影。白晝，妳是惹人的小磨精，又要我當馬騎、又要我堆積木，稍不留神，妳已大肆攻城掠地的將爸爸的文具紙張狼籍滿桌；玩累了、倦了，你就會像無尾熊般地黏在爸爸的懷裡，一會兒摸摸我的髮、一會兒拉拉我的衣領，說著「睡覺覺」不甚清楚的童音童語。

有人說：女兒是父親前世的情人。是啊！從妳出生的第一聲哭叫，護士從產房裡走出來，告訴我「母女平安」後，爸爸心中的喜悅，彷如蝶戀花一般，對妳的依戀深深盤旋不走。

在許多無眠的夜晚，我經常悄悄造訪妳的房間，看看妳那可愛的模樣，於是躡步輕輕驅前，虛坐於小小的床沿上。而總要聽完故事才肯入睡的妳，依舊喜歡握緊爸爸的手沉酣而眠，直到妳小小的手鬆離了爸爸的掌心，我才滿足地俯身蝶吻你稚嫩的小臉蛋。

妳已經三歲了，還像剛出生時的嬰兒一樣可愛、一樣討人歡心，不過，妳也慢慢學會了淘氣、耍賴，有時不高興，便不理爸爸，自顧玩自己的……。呵呵！妳小小的心總是有辦法牽動著爸爸的情緒，讓爸爸對妳總是不戰而降。

看妳熟睡的臉龐，爸爸想著若干年後，妳便會離我而去，在千帆之中尋找妳的幸福畫舫，那時，我們父女倆便會在盈盈淚水中互道珍重。

然而，此刻，我仍舊能代替妳未來的「畫舫」擺渡妳——在每個夜裡，如果被褥踢落了，我會替妳妥貼地重新蓋上，免得妳著涼受寒；如果心愛的皮卡丘歪斜了，我會把它放回妳的面頰與枕頭之間，讓妳依靠得更安全，即使有一天沒有爸爸的陪側，妳也會香甜的睡去，妳是爸爸疼愛的女兒，感謝上帝的恩寵，賜予我生命的一切歡樂。

原載於【青年日報】副刊

——二〇〇二年十一月十五日

# 卷五　流轉

我迎著晨曦走向教室，而鐘已響起良久，早修的沙沙筆聲，烙印在每一張試卷上，不管答案是對或是錯，總是憂鬱的藍。

我目送夕陽走出教室，而書包晃動不止，在長廊的盡頭處，冷不防地回眸，頑皮得投以一抹鬼臉。

而今，我仍在校園，長廊上的嬉鬧躍音，總覺得似曾相識，卻又如此陌生，歲月在童稚的臉龐流轉，終於知道，我，已不是學生。

# 一片傘蔭

打聽才知道他是研究所的學長——音樂家世背景，沒有女友，性情溫和，風趣幽默……。短短的一段路，如果我能投以一絲微笑，甚至輕輕一聲允諾，也許可以感受這一片傘蔭下同行數分鐘的雨中綿意吧！

每每在她對人說完這段回憶的時候，她總不忘會問：「如果你是那個男孩，你會怎麼做？」。

我想：如果我是那個男孩，我會比他多一份堅持。

她說——

那天中午，從圖書館出來，原本晴朗的天氣突然下起雨來了。當時，上課鐘已經打了，我一時蹙起眉頭，拿不定主意，是先等雨停慢點進教室？還是乾脆翹課呢？旋即，我還是決定到教室上課，因為估計只要經過車棚作為中途避雨，然後再快步跑個十五、二十秒就可以到了。

才跑到車棚，頭髮和外套肩背已是白珠顆顆，而且雨勢越下越大。這回，我是真的懊惱了，困在車棚裡，想翹課到圖書館看書與快跑到教室上課，同樣困難。

正在踱步之際，我的頭頂似乎有個罩子蓋住，轉身一看，是個男孩。高大結實的身材，套著一件海軍藍V字領毛衣，金邊眼鏡裡的瞳眸不時發出懇切的笑容，但是直覺告訴我，眼前這位帥哥，鐵定是個搭訕的男子。

「上課是吧！」他說：「我遮妳！」

我愣了一下，立刻冷漠地回答：「不必了，謝謝！」

他反而認真地說：「別客氣！這場雨一時不會停的。」

「不！真的不必了！我沒課。」我莫名慌了起來，趕忙圓了一個謊。

頓時，他愣了許久，慢慢地，才離開了我的視線。

事後，我為自己的冷淡而內疚不已，枉費自己是個大學生，好壞竟然分辨不出——他出於一片誠懇善意的紳士表現，而我卻毫無風度地冷眼拒絕。

雨過後的第三天，在系辦的走道上又一次地巧遇，打聽才知道他是研究所的學長——音樂家世背景，沒有女友，性情溫和，風趣幽默……。

短短的一段路，如果我能投以一絲微笑，甚至輕輕一聲允諾，也許可以感受這一片傘蔭下同行數分鐘的雨中綿意吧！

原載於【台灣時報】副刊
——一九九五年九月廿九日

# 來自西子灣的明信片

這樣親水的城市，曾經映襯出我的青春光華與年少美麗。在深夜裡，看著她慢慢甦醒。明知是過客，卻用心與她相處，知悉離開的那一日，肯定瑩瑩淚光，卻說很快就會再見面……。一張令我久久驚心的明信片，出現在我公式化的生活上……。

「身在西子灣渡口旁的石道上，凝視著夕照在海平面寂然無嘩地隱沒，霞紅在浪水擊岸聲中，漸漸托出黯藍的天宇和微亮中顫抖的星子。初秋這些時日，幾個怪颱來襲，把天候和家園攪得是紛雜無序，加上我的碩士論文進度也相當吃緊，許久許久未曾再足履西子灣畔。今天，我趁著柔媚的晚風好水，把那快要消失在記憶裡的光影，深深再印烙一次。」

學長從高雄寄來一張明信片，以秀麗飄逸的行書鋼筆字寫著他的近況，每一個字都充滿了神采飛揚的心情，一路從西子灣飛到台中。

他依舊樂觀得令人捏把冷汗，儘管論文進度堪慮，仍不棄離生命與自然相互溫柔的吐哺對待，遺世般地享受那清明空靈的生活意境。而我呢？小學長一屆，卻比學長早拿到學位。要說我比學長優秀，那倒未必，實在是因著社會期待，不得不然！

學長很輕鬆自在地就從城市裡抽離，親水去了。而我的案頭上卻是尚未批閱完的學生作業，好像怎麼改都改不完似地。我反覆看著學長寄來的明信片字跡，彷彿時間的光影從明信片裡映射了出來，西子灣渡口旁的石道上，有我和學長的步履笑聲。

我想起，學長在教師節前一晚撥電話來，說是他與指導教授終於有達成共識的一次，他好開心啊！直嚷著隔天一定要出去透透氣，聲音裡有著如同口試過關的那一刻喜悅。

「生活在城市久了，常常就會陷入笙歌霓虹太深，距離自然幽靜的氛圍月遠，忘卻童稚的野趣太多。」一旦認真起來，他總是一付嚴父教子的口吻與我說話：「詹老師！不要坐辦公桌太久啊！起來動一動，假日的時候最好能出門走走，平衡一下你的心情。加油哦！別被學生打敗了。」

「你明知道我喜歡居家，又放心不下學生，怎麼辦？」我無奈的說。

「那麼，要在精神上解放自己。」他在電話裡咯咯大笑：「當然！千萬千萬要記住，不可以搞師生戀。」

學長個頭不高，一六五，大我兩歲，卻總愛裝可愛地在我面前左一聲大哥、右一聲大哥，常常逗得我開心不已，對初初來到高雄的異地遊子而言，的確減輕了我夜裡思念的鄉愁。

去年，還在高雄師大唸書時，我和學長常常在租屋的廚房裡，烘焙著鬆餅，然後趕在夕照出現的前瞬，趨車前往西子灣，沿著渡口岸上的石道，邊走邊吃著鬆餅，慢慢等著幽暗的夜幕低垂，以及船上燈光的倒影，真是幸福啊！如此親水，如此依戀著大自然的愛。

「別人一定笑我們附庸風雅，管他的！習慣了城市的生活，離不開城市，就不要強迫自己非要到郊外，我們這樣也不錯啊！這就叫做精神上的閒情散步。」學長說。

我還記得，有一次和學長坐在堤岸上，聊著聊著，話語就在晚風好水中浸淫，沒有了時間，也忘了地球悄然運轉，直到晨曦從海平面那遠遠的方際升起，才覺察到西子灣正在甦醒。啊！真是幸福！一種情懷，如斯浪漫。

這樣親水的城市，曾經映襯出我的青春光華與年少美麗。在深夜裡，看著她慢慢甦醒。明知是過客，卻用心與她相處，知悉離開的那一日，肯定瑩瑩淚光，卻說很快就會再見面……。

重重疊疊的工作壓力，漸漸忘記了浪水的柔媚、鬆餅的味道，以及渡口石道上並肩散步的閒情，原來離去後的我，失信了。

一張令我久久驚心的明信片，出現在我公式化的生活上，熟悉的西子灣浪水彷彿拍石擊礁地打上我的案頭，沖刷了我眉宇間的忙碌，也將那成堆累冊的作業給淹沒了。

原載於【台灣時報】副刊
——二〇〇一年十二月十五日

原載於【青年日報】副刊
——二〇〇二年一月四日

# 憑窗綠影

我是那歸巢的倦鳥，冥冥中和這排椰樹有著不解的情緣，幾番離異與無視，在多年之後，我漸漸體會出教書的內涵蘊意。那是在學生身上，我看到了屬於我個人的榮耀，以及學生容顏上的青春光華，彼此交映出美麗的火花……。

每個早修，在微涼的晨霧中，推開窗子往外望去，就能看到一排排蓊鬱的椰林校樹，一顆接著一顆從校園排向前去，與民家的稻田隔起一道樹牆。由於學校位在鄉下，因此，少了些市區的喧鬧，而鳥鳴聲也舒卷著一份自得的心情，像是千百個音符從葉脈上滑了下來，有些則是從葉隙間穿過，並且在逐漸升起的太陽下不斷地浮動起來，我憑窗的眸子便映滿了一抹綠意，凝望這些椰樹爭攀拔高、瀟灑生長，乍覺天地間，如是生機勃然。

看到樹，總會想到父親「十年樹木、百年樹人」的教職生涯。他從師範學校畢業後，一邊教書，一邊進修大學、研究所，迄今四十二年餘。他常常告訴我許多有關學校和學生的事情，更希望我將來也能同他一樣，以教職作為生涯，儘管父親的話語就像那密密的枝葉一般，網住了我的求學歲月，但是，我仍舊逃離這深重期許的密密天網，幽遊在我摯愛的藝術花園，在這裡，我不但寫下了我的青春歲月，也因緣際會了許多美好的人與事。

記憶中的老師，是保守的、中規中矩的、生活單調乏味的，當然！也是博學的、權威的、有愛心與耐心的，是社會地位頗高的職業，偏偏我卻沒一項是遺傳父親的教職因子。然而，經過了時空的洗鍊與見識，我已不再是當年的意氣少年；走過了萬里的人情與事故，我也不再鋩刺畢露，處處斲傷別人。繞了這麼大的一個圈子，我竟又走回父親的軌道，當起了老師，至此，我越來越相信萬事皆有定數，在冥冥之中牽引著我們彼此的機緣方向……。

辦公桌右側的窗子一推開，便是一抹映入眼眸的椰林綠意，誰會料到當年為了藝術的癡迷與執著，聯考志願堅持不填師範學校的我，在經歷當兵後，研究所又走向師範的黌堂，如今也當起了中學教師。昔日狂蠻的腳印，在記憶與現實中束收著零亂與不確定感，現在走起路來，生命如是踏實醇厚。

我是那歸巢的倦鳥，冥冥中和這排椰樹有著不解的情緣，幾番離異與無視，在多年之後，我漸漸體會出教書的內涵蘊意。那是在學生身上，我看到了屬於我個人的榮耀，以及學生容顏上的青春光華，彼此交映出美麗的火花。

這些日子，我又常常聽父親說著學校與學生的故事，在父親教書的生涯中，那令人感動的千情萬景，我慢慢能夠平心靜氣地聆聽，並且打心裡頭真實感受。如同作為一顆樹，就必須向上爭高，努力揚起千萬片葉子，吸取水份與陽光，並且在四時更迭中變換它的色澤與枯榮。

「十年樹木、百年樹人」。這曲折圈轉的年輪，摺疊著多少的教師心情呢？而盤根錯結的芒鬚，深入大地的最底層，又傾聽了多少學生低吟的聲音呢？

每年總會送走一批畢業生，同樣地，也會迎接一批新生到來，人生裡的聚離與悲歡，近近地看，就像是木紋上一圈圈的年輪，師生之間讀著彼此的心情，有些是難解的訊息，有些是和諧的共鳴，兩者總是陷入歲月的深處，有著說不出的景致。

教書真好！清晨的校園沉睡在椰樹鳥鳴間，並且在綠意盎然的鄉野中慢慢甦醒，然後跟著朝陽一分分地活絡起來。我坐在辦公桌前，深刻地感受那一抹映入眼簾的綠意，以及學生的琅琅書聲。

原載於【青年日報】副刊
——二〇〇一年十一月廿七日

原載於【台灣時報】副刊
——二〇〇二年二月十八日

# 青春初老

明知歲月不待人，卻對過往的璀燦生命懷念不已；縱然拋開了夜歸與戀愛的禁令，也卸下了制服與升學的束縛，但是，青春畢竟業已初老，生命的循循不已，彷如知識的薪傳，有一天，講台下的學生，也會有人成為教師，一如當年的我在台下聽課，現今在台上授課……。

這陣子，學生打電話到家裡來，說是要找詹老師，家人不再像過去那樣明快地回答「請稍等」或「他不在家」之類的話，取而代之的是「你要找哪一位詹老師」？但是，如果學生說是要找詹主任，那麼，很明顯就是父親的電話。

以前，一直以為遺傳只是基因的排列組合，然後父傳子、子傳孫、子子孫孫血脈連嗣而已，殊不知連職業都會一脈相承！

師大畢業後，開始了社會新鮮人的生活，職場是不變的校園，角色卻是一百八十度的互換。扮演了十幾年的學生角色，已然嫻熟的眼神、步態、辭令、習慣，甚至思維模式，可說是遊刃有餘，然而，初次為人師表的角色，那舉手、投足、應對、進退，卻青澀得像個學步的嬰兒，走到哪兒，便跌到哪兒。

常常在想，學生與老師的關係，像是雲與天那般若即若離，看似彼此依賴，實有一段距離。廣闊的天是萬物的脊頂，撐起雲的身軀，讓雲舞動出曼妙儷影，而老師一如那廣闊的天，纖纖十指撐起學生偌大的希望。

父親曾對我說：「現在你已經踏在師路上，你便要做學生的螢火蟲。」

我狐疑的眼眸直映射在父親的臉龐，甚是不解地問道：「螢火蟲的螢光不僅微弱，生命也極為短暫，指引學生人生的道路，為什麼要是螢火蟲呢？」

父親悠然微笑著，我卻猴急般地帶著極為抱負的語氣說道：「我才不要做學生的螢火蟲，我要當指引學生一輩子的星星，即使學生畢了業，我也要永遠守護著他們。」

父親聽完後，笑弄著我這個傻兒子，淡淡地拋出一個需要時間來證明的答案：「有一天你會了解父親的意思！」

後來，站在講台上，我慢慢體悟出父親話裡的意思。每上完一堂課，我的年輕活力就愈見風采，對自己的專業深具信心，對學生始終維持溫暖的笑容，然而，我也知道，學生之於我、我之於學生，都是彼此的過客，原來！所謂「過客」不就是螢火蟲的化身嗎？彼此在短暫的相遇中，老師像是提燈的前導，給予學生明亮的視野，螢光雖然微弱，卻能在未知的道途上讓學生有千絲萬縷的安全感與溫暖，舉步跨足間也儘量少些跌跌撞撞的傷害。

有時，在課堂上，看到學生認真的讀著書，就會深深覺得感動，尤其是早修時刻，那種安安靜靜、沉沉穩穩的氛圍，或者振筆疾書、苦思猛想的可愛表情和動作，像極了自己當年的模樣……。我寧靜的心不禁漸漸波光瀲灩，漪漾出昔日幕幕風景圖片，而窗外的浮雲悠悠勾起如螢般地跳動。

明知歲月不待人，卻對過往的璀燦生命懷念不已；縱然拋開了夜歸與戀愛的禁令，也卸下了制服與升學的束縛，但是，青春畢竟業已初老，生命的循循不已，彷如知識的薪傳，有一天，講台下的學生，也會有人成為教師，一如當年的我在台下聽課，現今在台上授課。

青春得意須盡歡，年少浪漫且徐行。儘管歲月無止息更迭，雲依舊悠悠地在藍天中推移，向夢想的天邊推移。因著「教師」這份工作，我如斯慶幸能沉浸在一張張童稚純真的臉譜，一想到這兒，內心就充滿了無限的喜悅，好生朝氣地跌進了學生嬉鬧的跫音迴聲中。

原載於【台灣時報】副刊

——二〇〇二年十一月十五日

# 琅琅書聲

一塊文字是一顆籃球，鉛印如序的文字成了一顆顆籃球跳躍的擦板得分，琅琅書聲不再是學生的唯一，轉化成吶喊嘶吼的精力才是他們所企盼的愉悅生活。初夏的夕陽，把操場染成泥黃，天空映成黯藍，眼前的球場上，生命正律動著愉悅的腳步，感覺到生命宛若旅程，有人上場，有人退場……。

一襲海藍運動上衣、黑色短褲，在六月的陽光下舞動，格外熠熠鮮明，黃昏的校園，靜靜地在雲靄中徜徉。我呆呆地坐在參差紊亂的書包旁，看著遠方打球的學生——一種青春無敵的揮灑。

學生K書之餘，常有汗水淋漓的演出，信手揮汗，像是一陣曬熱的大地，被雨水激發出來的騰騰煙霧與焦灼嗆鼻，然後雨過去了，疏疏落落停留在嗅覺上，當然，身體線條的恣意流動，也在在決非汗水所能掩蓋的視覺美感。

學生寄情於球場，把自己的情緒轉嫁到球上，有的是平衡K書的煩悶、有的是在紓解煩悶的同時參雜了同儕較勁的輸贏、有的只是簡單的為運動而打球，不論是哪一種心情轉嫁，看在我的眼裡，總有無比的羨慕之情，當年的我何嘗擁有這等灑脫！

坐在溫熱的台階上，目光毫無規避地直視那群神氣的學生，一種狂熱活潑的搶奪動作，深怕球技太遜，慘遭同儕引做笑柄。這種心理真有點像他們現在青春期長痘子的尷尬日子，每一次對著鏡子擠青春痘，總是煩惱著自己的長相，害怕那些痘子會纏著自己一輩子，而被拿來說成「恐龍弟」的自卑心理。一塊文字是一顆籃球，鉛印如序的文字成了一顆顆籃球跳躍的擦板得分，琅琅書聲不再是學生的唯一，轉化成吶喊嘶吼的精力才是他們所企盼的愉悅生活。

初夏的夕陽，把操場染成泥黃，天空映成黯藍，眼前的球場上，生命正律動著愉悅的腳步，感覺到生命宛若旅程，有人上場，有人退場；有人歡欣，有人沮鬱；有人揮灑青春，有人追憶年華；有人結伴而行，有人卻如我此時，孑然一人，遠遠凝望。

「當我起身離去時，學生明天還會繼續打球嗎？」我心裡暗揣著。

真是廢話！

球場當然還是會有學生的馳騁與嘶殺啊！

年少的歲月，如沙漏中的細沙一點一滴流逝殆盡，在多年後的一個慵懶放學天，滿天夕照的球場上，我尋獲了昔日曾經過往卻未能足印的流金歲月。一抹茄紫泥黃的餘暉，就這麼映照在我梳理整齊的髮絲上，以及昨日剛刮過兩鬢還有微青顏色的的鬍髭。

同樣也是那段稚澀未脫的青春期，我的羽毛迅速豐厚，散發在我身上的這份文人與藝術家氣質，便是從小唸書唸出來的，書卷獎和才藝獎，一路從小學包辦到研究所，說穿了，不過就是父母給了一張較為稱頭的臉蛋，加上自己的優秀成績與合宜的禮貌，讓我在任何場合都深得師長與同學的喜愛，他們總把我捧為一顆鑽石看待。

而我真的是一顆鑽石嗎?至今，我仍在迷惘與懷疑中。常常覺得自己的生命彷彿少了些什麼，在走過的足跡裡，彷彿有一段不完整的缺憾，卻始終說不出一個具體，只是在這缺憾裡，總有一鼓力量想去重新彩繪生命的色澤，想去縫補記憶的結洞，想換上一襲運動球衣，和操場上那群學生一樣揮灑青春的汗水，在燁燁夏日裡吐納屈張。

汗珠在青春的脊背上滾動，這些放學後不必上第八節輔導課而能盡情馳騁球場的孩子，他們是一群青春無敵的天使。而所謂「A段班」的學生，仍舊繼續為第八節輔導課奮戰，無可避免地，滿室的疲倦眼皮，浮浮沉沉面對黑板上的粉筆字與密密麻麻的考試卷選題，形同軟禁般地困坐在教室裡與通明的日光燈互映，想來，這正是他們心中的苦悶與無奈吧！

回首求學的旅程上，我自己呢？說實在地，為了所謂的「期待」，不論出於父母、社會、或者自己，曾經也是「A段班」學生的我，一路走來無非戰戰兢兢、如履薄冰！

我——從來就不是青春無敵的天使！

原載於【青年日報】副刊
——二〇〇三年十一月十五日

原載於【台灣時報】副刊
——二〇〇四年八月十三日

# 結婚喜帖

日前收到大學同學賢的結婚帖子，色澤鮮麗而樣式典雅的結婚喜帖，金字燙邊，每一個金字都綴滿了眾人的祝福，像是嬌妍的花朵，細細柔柔的端姿，馨香輕盈地從帖子上飄了出來……。

日前收到大學同學賢的結婚帖子，色澤鮮麗而樣式典雅的結婚喜帖，金字燙邊，每一個金字都綴滿了眾人的祝福，像是嬌妍的花朵，細細柔柔的端姿，馨香輕盈地從帖子上飄了出來。

賢終於脫離了踉踉蹌蹌的日子，欣喜他多年後，能為自己的情路開闢出一條嫣紅徑道。

與其說是巧合，不如說是賢早算好帖子到達的時間，當日晚飯過後，便接到賢從苗栗打來的電話，先問我收到帖子沒?繼之叨叨絮語了一個小時，概略回味大學與當兵的點滴，但大部分的話題還是繞著他的未婚妻與新居的裝璜。

掛上電話，我依著陽台，雙眸凝視著夜景，想著：賢在大學時曾經為一個女孩，生命沉寂了好長的一段時間，如今，他沉寂已久的生命又躍然起來。

將近年餘沒有與賢連絡，退伍後，我繼續攻讀碩士，賢在一家雜誌社做編輯工作，回溯大學時光，我們在雲平樓前的草坪、在中興湖畔的臥椅、在圖書館前的石階，論諸子百家、談心性理學、吟詩詞歌賦、評現代文學……，你來我往、舌劍唇槍，有時爭辯得三五天冷戰不說話，有時契合得相偕飽食大餐，雖然，再美好的時光也不會因我們而駐足片刻，但懷舊的心情，卻讓人在成長的歲月裡，是那樣深濃地化不開。

陽台外的夜色黯藍迷人，行道樹影風姿幢幢，怎麼也滲透不出月影在夜色裡緩緩消殘，宛若疾馳的流星尾曳，在稀疏的星子中杳然沉靜。

多少年，過客學子的腳步踩踏在靜影沉璧的中興湖畔，像是湖心初展羽翼的鴛鴦整毛，像是飛鳥棲止在茵茵如薦的綠草上覓食，有了一片碧波的水池悠游，有了無涯無際的天宇翱翔，身旁的夜風、樹影、月色、氛圍……所有感受，陡然間，悠悠川流著無數的愛情故事，有些是愛情的初始源頭，有些是情緣絕斷的出口。賢的愛戀也在這裡川流過，開始是輕舟萬里，後來，愈行愈是險要沙州。

「記得《詩經》裡有一句廝守終生的話嗎？」賢曾經這麼問我。

我反問賢：「詩經裡廝守終生的話太多了，你指的是哪一句？」

「執子之手，與子偕老。」

我想起大二那年，賢與數學系的一位女孩，曾在這裡互許衷情，然而，也在這裡分道揚鑣，是源流，也是出口。

據我所知，分手的理由是：女孩嫌賢不夠浪漫，她感受不到漫步在雲端的愛情，她無法委屈在賢一加一等於二的實際生活裡。

聽來，賢倒也沒有多大的不是，原來，憧憬愛情是女孩子們都會嚮往的，非關科系與個性。當愛情來的時候，女孩們都喜歡沉浸在夕陽餘暉的沙灘上，王子騎著白馬迎她而來的情境之中。

偏偏，在女孩期待賢就是她心中的白馬王子時，賢卻呆得如同他的平頭一般，殷勤不懂得獻，蜜語吝於開口，一位化身白馬王子的環工系男生適時出現，他給了賢的女友所有她想要的浪漫，可憐的賢，傻楞楞地後知後覺，然而，再怎麼挽回，終究敵不過這位浪漫的「白馬王子」。

賢為這件事，開始酗酒，整整一個月沒來上課，生命的步調偏離正軌，不像我認識的他，班上同學的勸慰與開導，似乎喚不醒他癡傻的執著。

「那麼傻！為這麼一個女孩，把自己弄成這樣！值得嗎？你這個樣子，她一次也沒來看過你啊！」同學都這麼說賢。

賢的淚水如星子閃爍，深遠地難以撫觸。

在外人看來，這樣的分手，其實是戀愛遊戲中常見的出局場面，不過就是平凡至極的結束，何來驚天動地的誓言盟約呢！可是，在賢看來，這樣的失去卻是那樣了不得、無限苦楚！

愛情的認知，一旦有了差距，兩人勢必漸行漸遠，無論開始是如何完美、如何相投，都很難再走下去，賢和那女孩應該也不例外吧！

夜色在我漫天追憶中深濃，冥思賢那段曙色未露的時光，的確苦了一顆禁錮情囚的心，如今，賢終於解開了那把緊箍的情鎖，開始在暘暘朗空中煥然，想來不覺莞爾！一切都是太年輕，輕狂過後，總會成熟，賢終於找到了美嬌娘，而我未來的嫂子，想必是握住賢溫暖的手，一雙可以讓她真實託付終身的手吧！

原載於【台灣時報】副刊

——二〇〇四年二月廿五日

國家圖書館出版品預行編目資料

行旅者之翼／詹皓宇著. -- 初版. -- 臺中市
：文興出版, 2004[民 93]
面；　公分. -- (現代文學館：SW 001)
ISBN 986-80743-1-2 (平裝)

855　　　　93021019

現代文學館 1 (SW001) 行旅者之翼

作　　者：詹皓宇
出 版 者：文興出版事業有限公司
地　　址：407 臺中市漢口路 2 段 231 號
電　　話：(04)23160278
傳　　真：(04)23124123
E-mail：wenhsin.press@msa.hinet.net
發 行 人：洪心容
總 編 輯：黃世勳
責任編輯：黃如君
執行監製：賀曉帆
校　　對：詹皓宇
封面設計：謝靜宜
版面設計：李惠美
印　　刷：鹿新印刷有限公司
地　　址：505 彰化縣鹿港鎮民族路 304 號
電　　話：(04)7772406
傳　　真：(04)7785942
總 經 銷：紅螞蟻圖書有限公司
地　　址：114 臺北市內湖區舊宗路 2 段 121 巷 28 號 4 樓
電　　話：(02)27953656
傳　　真：(02)27954100
初　　版：西元 2004 年 12 月
定　　價：新臺幣 220 元整
I S B N：986-80743-1-2 (平裝)



**郵政劃撥**
戶名：文興出版事業有限公司　帳號：22539747